高良井結愛
【たからい・ゆあ】
高校２年生。頻繁に告白されているモテギャル。自分になびかず、妹のことを大事にする慎治に惹かれていく
「今日もキミの家、行っていい？」
クラスのギャルが、なぜか俺の義妹と仲良くなった。
JN020255

お前、それやめろよな……

いいじゃん、スキンシップだよ？

名雲慎治
【なぐも・しんじ】

高校２年生。優等生だが、友達は無し。義理の妹・紡希との関係に悩んでいる。結愛と知り合ったことで、徐々に周りに良い影響が出始める

いいな〜。

わたしもシンにぃとスキンシップする〜

名雲紡希
【なぐも・つむぎ】

母親を亡くし、名雲家にやってきた。慎治とは元々はいとこの関係だった。慎治と結愛の関係を恋人だと思っており、おせっかいを焼くことも……

いやらしい目で見てんの、わかるんだからね！
でも、実は…
桜咲瑠海
【おうさき・るみ】
結愛のクラスメート。友達想いで、彼女に近づく男子を牽制している。
実は秘密の趣味があり……

慎治は紡希ちゃんの分も合わせて
2人分がんばってるんだし、
これくらいはさせてよ
屋上で膝枕

自分がこんな寝相悪いの知らなかった……
慎治以外の人とは一緒に寝ないようにする！
いっしょにお泊りして

3人でプール
シンにぃはスクール水着でいいっていったけど……
みんなも、結愛さんも、可愛い水着着てる！

まさか、まだ間接キスとか気にしちゃってるの？
まー、私なりの独占欲っすよ

クラスのギャルが、なぜか俺の義妹と仲良くなった。「今日もキミの家、行っていい?」

佐波 彗

ファンタジア文庫

3111

口絵・本文イラスト　小森くづゆ

■プロローグ……… 04

■第一章【俺と義妹とギャル】……… 10

◆1【家族が増えることにはなったけれど】

◆2【勉強してる俺の頭の上で告白しないでほしいし
隣にも寄らないでくれ】

◆3【グイグイくるギャルが思ったよりいいヤツだった件】

◆4【義妹の友達にあっという間に距離を詰められる】

◆5【この時の記憶、ほとんどないんだよなぁ……】

■第二章【新日常】……… 74

◆1【俺はチョロくない。本当に本当だ】

◆2【俺の義妹が朝から可愛すぎる】

◆3【ギャルと掃除】

◆4【スマホを買いに行くだけだったのに】

◆5【左右を脚に囲まれる】

◆6【雨と陽キャ】

◆7【でもこの子、全身親父グッズなんですよ】

■第三章【縮まる距離】……… 151

◆1【陰キャぼっちの俺には学校内での
イベントなんてないと思ってました】

◆2【半裸の男女が徘徊している空間に
俺が馴染めるわけがない】

◆3【こんな俺でもやる時はやる】

◆4【ハンズフリーにしなくてもヤツの声は響く】

◆5【部活憧れをこじらせているから合宿なんて言って
いるわけじゃないんだよ】

◆6【画面の向こうよりエキサイティングな布団の上】

■第四章【鍵】……… 232

◆1【うちの義妹は想像力逞しい】

◆2【特別な感じと新ステージ】

◆3【最凶の刺客、現る】

◆4【ホーリー嫉妬!】

◆5【ついに初遭遇、陽キャ VS 陽キャ】

◆6【大団らん】

■エピローグ……… 309

あとがき……… 317

contents

■プロローグ

ある日の夕方のことだった。

玄関の扉を開けると、金に近い栗色《くりいろ》の長い髪をした派手な女子が立っていた。

「ちっす、名雲《なぐも》くん」

「お断りだ」

「ちょっ、なにが？」

閉めようとした扉に靴を滑り込ませ、そいつが言った。

「追い返そうとしないでよ。家のこと手伝ってあげるって約束だったじゃん？」

「そういえば、そうだったな」

確かに、そんな約束をした。

だが、発案者は俺ではないので、俺としては未《いま》だに気が進まないことだった。

この目立つ見た目をしたギャル……高良井結愛《たからいゆあ》は俺のクラスメートなのだが、ちょっとした経緯があって我が名雲家に入り浸るようになった。

「あっ、結愛さん来てる！」

階段を駆け降りてやってきた紡希《つむぎ》が言う。

そんなギャルを引っ張り込むことになった原因が、この「義妹」だった。

紡希は、俺と違って高良井には好意的だから、高良井の姿を見つけた途端に踊りだしそうなくらい喜んでいた。

「名雲くんに追い返されそうになったよ」

高良井が紡希に告げ口をする。

「シンにぃ？」

「……すまん」

紡希に非難するような視線を送られると、俺は素直に謝るしかなくなる。

紡希のことだけは悲しませたくないのだ。紡希の意に沿わないことは、したくない。

「じゃ、名雲くん、おじゃまさせてもらうね？」

これ見よがしなドヤ顔を俺に向けてくる高良井。

いかにも遊んでいそうな雰囲気がある高良井は、やたらと顔立ちが整っていて、俺みたいな勉強くらいしか取り柄のない陰キャは長い間直視できない。

「ああ」

俺はそれしか言えなくなってしまうのだった。

★

高良井がつくってくれた夕食を食べたあと、俺はリビングのソファに座っているのに他人の家にいるような気分になっていた。

一応、高良井はお客だ。洗い物くらいは俺がしようと思ったのだが、キッチンに陣取った高良井から、『いいからそこで休んでて』と追い返され、ここにいる。いくらそういう約束になっていようが、やっぱり家事を他人《ひと》任《まか》せにするのは落ち着かなかった。

高良井はこうしてたびたび名雲家に来ては、食事をつくってくれたり、洗濯や掃除をしてくれたりして、家事の負担を減らしてくれる。

我が家では親の仕事の都合で、俺が紡希の面倒を見るしかなく、今までは家事に忙殺されて、こうして何もせずゆっくりできる時間なんて取れなかった。

紡希のことは、元々俺が望んでそうしたことだ。できれば他人の手を借りるような情けない真似《まね》はしたくなかったのだが、他でもない紡希が高良井に頼んでしまったことでこうなったので、俺からは何も言えなかった。

「……俺だけでは力不足ってことか」

紡希を心配させてしまった不甲斐《ふがい》なさに、思わずぽつりと呟《つぶや》いてしまったが、向かいのソファには紡希がいるのだ。聞かれていたらどうしようと焦《あせ》るが、スマホで何やらゲームをしているようで、聞こえていないようだった。

「なに？　どうしたの？」

声は背後から聞こえた。

学校にいるときみたいに甘い香水の匂いがするのとは違い、食器用洗剤のほんのりとしたレモンの匂いをさせる高良井だった。俺からすれば女子が漂わせる慣れない香水の匂いよりは、食器用洗剤の匂いの方がずっとよかった。

「別に、何も言ってないが？」

「なんかぶつぶつ言ってたの聞こえたよ～？」

高良井は俺のすぐ隣に腰掛けてくる。一応二人がけのソファではあるが、距離を詰めすぎだ。ほとんど密着状態だろ。紡希の方に行けばいいものを……。

「あっ」

ふとスマホから顔を上げた紡希がこちらを見る。

「わたし用事思い出しちゃった」

立ち上がった紡希は、やたらとニヤニヤしていた。

「シンにぃもたまには結愛さんとゆっくりするといいよ～」

盛大な誤解をしながら、さっさとリビングを出て行ってしまう。

「あっ、どうせなら俺は紡希とゆっくりしたいのに……」

俺を置いて行かないでくれ、と手を伸ばすも、紡希が戻ってくることはなかった。

「そうか、俺が紡希の部屋まで行けばいいのか」

立ち上がろうとした俺だが、高良井に腕を摑《つか》まれ、引っ張り込まれてしまう。

「紡希ちゃんの気遣いを台無しにしてどうするの」

バランスを崩した俺の頭は、高良井の膝に着陸していた。その細腕のどこにそんな力があるんだ。

「俺は今ちょっと汗かいてるぞ？」

「だったらなんなのよー」

やたらと優しい声の高良井は、あろうことか俺の頭を撫《な》でてきやがる。

「やめろ、そういうの。恥ずかしいから……」

「いいじゃん、誰も見てないんだし」

高良井に見られているから恥ずかしいのだが。

頭を往復する高良井の手を突っぱねたいはずだったのだが、体がまったく動かない。疲れているはずはないから、これは俺の本能が働いて高良井から離れるのを嫌がっているのだろうか？　自分が自分でなくなっていくみたいで恐ろしいな……。

こんな状況になるのは、ほんの少し前までは考えられないことだった。

教室での俺は、高良井の膝に顔面を密着させるどころか、ロクに話すこともできない立ち位置にいる。

高良井と関わるようになったのも、ちょっとしたアクシデントがキッカケだ。

そもそも、紡希がうちにやってきた事情は複雑だから……俺一人ではどうにもできないことだってあるし、高良井が助けてくれるようになったのはありがたいと言っていいのかもしれない、と、今になってちょっと認められるところもあった。

■第一章【俺と義妹とギャル】

◆1【家族が増えることにはなったけれど】

紡希は俺のいとこだった女の子で、今は名雲家の一員として我が家で『妹』をやっている。

電話の相手は、仕事で遠方にいる俺の親父《おやじ》だった。

『慎治《しんじ》、紡希はどうだ？』

「ああ、元気だよ。……なんの問題もない」

『そっか。ならいいんだ。オレが家にいられない分、おめぇに負担掛けちまってるが、悪かったな。オレが言い出したことなのによ』

ハンズフリーにしているわけでもないのに、スマホから部屋中に響きそうな大きな声がする。人並み外れてガタイのいい親父は声までデカいのだ。

「いいって。俺も紡希のことは心配だったし、こっちのことは俺がどうにかするから。親父は親父で、金を稼いできてくれればそれでいいよ」

『慎治ぃ、いつも言ってるだろ？　金じゃねえ、オレは、お客様のお気持ちをいただいてるんだ』

「わかったわかった。とにかく、親父は別に責任感じることないから」

親父は相変わらずプロ意識の高い男だ。

『高校生活もやっと慣れてきてこれからって時期なのに、悪かったなぁ』

「……大変なのは、俺より紡希の方だから。俺なら平気だよ」

『頼もしいぜ。そういやおめぇ、一人でも平気なタイプだもんな』

「俺のぼっちを揶揄《やゆ》するならそのグラスでかたち変えてしまうぞ」

『気にすんじゃねぇよ。人間、一人でやっていかないといけない時もある。今の経験が、いつかお前の役に立つ時がくるから』

「……今は俺がぼっちかどうかより大事なことがあるんじゃないですかねぇ」

気を遣われると、逆にキツい。耐えきれなくなった俺は、話題をそらすべく近況などを話してしばし親子の会話をしていたのだが。

『彩夏《あやか》もな……覚悟はしていたが、娘を残して死んじまうことないのにな』

彩夏さんは、紡希の母親で、親父の妹にあたる。

親父と彩夏さんは仲が良《い》い兄妹《きょうだい》だったから、妹を失った親父は俺以上に辛《つら》いはずだ。

そんな精神状態でも、紡希がうちに来るまでの手続きはしっかりこなしたのだから、俺も見習ってできるかぎりのことはしたかった。

紡希が名雲《なぐも》家で暮らすことになったのは、母親であり、唯一の家族である彩夏さんを失ったからである。

紡希の家庭事情は複雑だった。彩夏さんは未婚の母であり、名雲姓を名乗りながらずっと紡希を一人で育ててきた。紡希は父親の顔を知らず、交流もなかったのだが、俺が知る限り父親を恋しがったことはなかった。彩夏さんとの生活で満足していたのだろう。ただ、彩夏さんは親父を除く自分の家族とは折り合いが悪かったから、独りぼっちになった紡希の寄る辺は、俺たちのところにしかなかったのだった。

そんなわけで紡希は、元々俺のいとこだったのだが、今は義理の妹になったわけだ。いとことして、紡希のことは小さい頃から知っているから、一緒に暮らすこと自体はもちろん賛成なのだが、母親を亡《な》くしたばかりの人間とどう接すればいいのか、俺はわからないでいた。

そのことは、まだ親父に伝えられていない。

親父の中では、俺と紡希は小さい頃の仲良しのイメージのままのはずだ。

親父は大人だが、俺の方が紡希とは近い存在である。

俺がどうにかしないといけないと思っていた。

『まあ、今更悔やんだって仕方ねぇし、もうしばらくそっちのことは頼んだぜ、慎治』

「わかったよ、任せとけ」

俺は手短に言った。

電話を切ってから、俺は隣室の紡希《つむぎ》のことで頭がいっぱいになった。

★

紡希は昔から、いわゆる『いい子』ではあった。

時折生意気なときはあるけれど、母親の彩夏さんが優しかったからか、小学生の頃はよく彩夏さんの陰に隠れていて、それほど自己主張が強い印象はなかった。

今では中学生になり、化粧っ気こそないけれど、可愛《かわい》らしい見た目をしていた。

肩を超す程度まで伸びた黒髪は、頭に天使の輪みたいな輝きが浮かぶほど艶《つや》やかで、目は大きく肌は白く、中学生にしては小柄で、手足も細い。俺としては、その細さが心配だったけれど、女子はまあそういうものなのかもしれない。

名雲家で暮らすとなった時も、パッと見では精神的に落ち着いているように見えた。

「ここが今日から紡希の部屋になるから。今のところ必要最低限の家具しかないから殺風景だけどな。残りの家具は紡希が必要な分だけ買い足すから、絶望するなよ」

「これだけでも十分いい部屋だよ。アパートの時は、わたしの部屋なかったから」

紡希のために用意した部屋を教えると、ベッドで飛び跳ねて嬉《うれ》しそうにしてくれた。

「俺の部屋の隣だから、ホラー映画観《み》て一人でトイレ行けなくなっても呼びやすいよな」

「シンにぃ、わたし中学生だよ？　映画くらいで怖くならないよ」

ベッドに立った紡希は胸を張って、得意そうにした。

「そういう時はシンにぃが一人で寝られなくなってるだろうから、トイレに行く時は一緒に連れて行ってあげる」

「そういうとこは素直じゃないんだよなぁ」

「だって、階段とか廊下がある家に住むの初めてだから……」

「まあゾンビが徘徊《はいかい》する洋館に見えなくもないもんな」

もっと混乱していたり、塞ぎ込んでいたりするんじゃないかと心配していたから、以前とそれほど様子が変わらない紡希を前にした時は安心した。

親父が仕事で遠方に出て、俺と二人での生活がしばらく続くとなった時も、最初は俺も慎重に接していたのだが、以前と同じように過ごせるとわかって油断していた。

ある日の夜中のことだ。

トイレに起きた俺は、紡希の部屋の前を通りかかった時、扉の向こうからすすり泣くような物音を聞いてしまった。

いとことはいえ女の子の部屋なので、一瞬のためらいはあったけれど、放っておくわけにはいかず、そっと扉を開けた。

「紡希……？」

ベッドまで近づくと、紡希は掛《か》け布団《ぶとん》を被《かぶ》ったまま丸まっていた。

「どうしたんだ、大丈夫か？」

俺は、紡希の枕元にしゃがみ込む。

「……なんでもない」

布団《ふとん》から顔を出す紡希は、髪がくしゃくしゃになっていた。

暗闇のせいで見えにくかったけれど、外から漏れてくる明かりだけでも、紡希の目が赤くなっていることに気づいた。

「目、赤くなってるぞ。……泣いてたんだろ」

もはや母親である彩夏さんがいない今、紡希に対して親身になれる身内は俺しかいない。

そう思うと、見て見ぬふりはできなかった。

「なんでもないから、だいじょうぶだよ。ちょっと怖い夢見ちゃっただけ」

それでも紡希は、笑ってみせた。

無理やりつくった笑顔なことは、鈍感な俺にもわかってしまう。

けれど俺は、紡希からどれだけの信頼を得られているのかまったくわからない。

母親を失って傷ついた女の子は、仲が良かったいとことは別人に思えた。これまで積み重ねてきた信頼関係は通用するのだろうか。下手に踏み込もうとすれば、紡希を余計に傷つけてしまう気がした。

「そっか……なんかあったら遠慮せずに言えよ」

紡希への理解が足りない俺は、そう言うしかなかった。

「うん、わかった」

紡希は、俺への気遣いと同時に、柔らかな拒絶を思わせる微笑《ほほえ》みを浮かべる。

紡希は母親を失った悲しみを俺に伝えることはないだろう。

自分だけで抱え込んでしまうはずだ。

そっとしておけば、時間が解決してくれるのかもしれない。

それでも、紡希のために何もできない自分が悔しくて、他人に気を配る必要のないぼっちとしてずっと過ごしてきたことを今日ほど後悔した日はなかった。

俺は、紡希と表立って揉《も》めたりケンカしたりすることはないけれど、だからこそ紡希の本心がわからず、心情を察しないといけない場合が多くなり、それはぼっちの俺からすれば困難を極めることだ。紡希が本当はどうしたいのか十分に察することができないまま、ずるずると日にちだけが経《た》ち、とうとうそんな生活も三ヶ月続いていたのだった。

◆2【勉強してる俺の頭の上で告白しないでほしいし隣にも寄らないでくれ】

紡希にとって、名雲家は未《いま》だに他人の家だ。

何をするのでも、どこか遠慮したところがあって、窮屈そうに過ごしている。

少なくとも、俺にはそう見えた。

そうしているうちに春になり、新学期を迎え、俺は高校二年生になった。

クラス替えがあり、クラスメートは自然と気の合う仲間を見つけてグループを形成していた。そこに俺の居場所はない。

紡希を立ち直らせるためのコミュニケーション能力を求めつつも、俺はぼっちから抜け出せなかった。

『紡希が名雲《なぐも》家で孤独を感じているのなら、俺だけ孤独から抜け出して快適な環境を求めるわけにはいかない』という、自意識のこじれと言い訳を併発したようなおかしな精神状態になっていることが、友達作りに二の足を踏ませていた。

「ぼっちがアイデンティティとか終わってるだろ……」

唯一、俺の取り柄らしいものといえば勉強だ。

ぼっちゆえに友達との遊びに時間を取られることがない分、勉強時間だけは十分に確保できたから、俺は学年トップ５内を維持し続けていた。

おかげで、休み時間中に勉強をしていてもからかわれたりいじめられたりしない程度には、「勉強ができるキャラ」として認知されていた。

まあ、だからといって親しまれてはいないんだけどな。

うちは進学校だけれど、勉強ができる程度ではクラスで一目置かれることはないから。

「人気者になれるのは、もっとわかりやすく華があるヤツだもんなぁ」

そんなボヤキとともに、一人ぼっちの俺の昼休みが始まる。

教室でも学食でもなく、校舎裏に隣接した赤茶けた非常階段が俺の昼食スペースだ。

まったく人通りがなくて静かで落ち着く空間だ。向かいには体育倉庫がある。すぐ近くにはグラウンドがあるものの、建物同士で挟まれているこの場所は常に日陰になっていて、誰からも見られることはなかった。

俺は階段に腰掛けて、トートバッグから弁当を取り出す。

手早くカロリー摂取を済ませると、同じバッグの中から勉強道具一式を引っ張り出した。

図書室以上に静かな環境だから、この際一緒に勉強を済ませてしまえというわけだ。

しばらくそうして集中していたのだが。

「――この通り、頼む！」

ちょうど俺の真上、二階の位置から何やら話し声がした。

「ごめん、いま私、友達と一緒にいる方が楽しくて」

男の声がしたあと、女の声がした。

「でもオレ、高良井《たからい》を楽しませるためならなんだってするから」

「私はいまでも十分楽しいから、そういうのは他の子のためにしてあげてよ」

俺が勉強してる途中でしょうが！　と思いながら見上げると、階段のステップの隙間から女子の白い脚を超ローアングルで捉えるハメになった。こんなアングル、フィギュアを下から覗《のぞ》き込んだ時しか無理だ。

真っ黒な下着を目の当《ま》たりにして直視できるほど肝が据わっていないから、さっさと問題集に視線を戻してしまう。とんでもないものを見た、というドキドキは止まらないが。

聞く限り、どうも女子が男子から告白されているようだった。

その時点で、パンツしか見えなかった女子の正体にピンときた。

高良井結愛《ゆあ》である。

高良井は校内の有名人で、美人と評判の華やかな女子だった。

長い栗色《くりいろ》の髪の毛先はウェーブがかかっていて、毛穴から妖気を発していそうなくらい艶《なま》めかしい白い肌をしていて、つり上がった目尻はいかにも気が強そうな印象がある。制服は着崩してあって、ブラウンのブレザー越しでもわかるくらい胸が大きく、チェック地の赤く短いスカートからはももが大胆に露出している。それでも下品な印象にならないのは、芸術的に体のバランスがいいからだろう。

誰が相手でも自信満々な態度をしていて、卑屈なところが一切なく、俺にとっては直視することすらためらうくらい輝いている、そんな女子だった。

やたら告白されている高良井だが、今まで少なくとも学校内では彼氏らしきポジションの男子といるのを見たことはなかった。クラスの男子と話しているのは見かけるが、それだけだ。告白を受け入れたという話は聞かない。

「わかった。オレがどれだけ本気か見せるよ。ここから大声で『愛してま～す』って叫んだら、高良井はオレの心意気を受け取ってくれるか？」

「それ、全校生徒の前とかじゃないと意味なくない？」

「全校生徒の前だろうが東京ドームのど真ん中だろうができるよ、できるけどさ――」

高良井と全く接点のない俺には関係のないことだから、勉強に集中し直そうとするのだが、話し声が騒音になって上手《うま》くいかない。

学校での俺は、勉強が最優先だ。

ここでロスがあると、家の中で紡希《つむぎ》と関わる時間が減ってしまう。

どうやら高良井は告白を断ろうとしていて、それでも男は食い下がっているようだから、高良井の身の安全のためにもさっさとぶち壊しにした方がいいだろう。関わりはなかろうが、一応高良井はクラスメートだし、何らかの危害を加えられたら寝覚めが悪い。痴情のもつれで起きた事件の目撃者としてあれこれ引っ張り出されるのも面倒だしな。

俺はおもむろにスマホを取り出すと、Uチューブのアプリを開き、泣いた赤ちゃんをおとなしくする魔力があることで有名な某曲をBGMとして流すことで、告白シチュエーションにハイになった男の目を覚まさせることにした。これなら言いたいことも言えなくなるだろ。恥ずかしくて。シチュエーションがクサいもんな。

俺の目論見《もくろみ》通り、告白男子は意気消沈したようで、『ごめん……出直す』と言って足早に去っていった。

よしよし、もう二度とここを告白場所に選ぶんじゃないぞ。

　さて、これで静かになったし勉強に没頭できるな、と思って再び腰を下ろすと新たなる邪魔が入った。

「あっ、名雲くんじゃん」

　高良井が、手すりから身を乗り出していた。

　軽快な足取りで階段を駆け降りてきて、俺のすぐ隣に座る。

　不意に、直前に見たパンチラの映像が頭をよぎる。忘れろ。勉強に集中できなくなる。

「今の、名雲くん？」

「ヤバそうなヤツが向こうに走り去って行ったから別人だろ」

「もしかして、聞いてた？」

　俺を無視して、ほんの少しだけ恥ずかしそうにしながら、そう訊《たず》ねてくる。

　ちなみに俺と高良井は、二年生になってからクラスメートになったばかりで、これまでまともに会話をしたことがなかった。落ちた消しゴムを拾ってくれたことくらいはあったかな。

「何も見てないし聞いてもいない。何ならここにいるのはただの石だ」

　勉強に集中したい俺は相手にしたくなかった。

　それに俺と高良井は水と油の関係だ。

人気者の陽キャと、勉強しかしていないぼっちの陰キャが釣り合うはずもない。

「石?」

石ならいいよね、とばかりに高良井が遠慮なくツンツンと肩を突《つつ》いてくる。

「……石は石でも俺はお地蔵さんだからそれ以上触れるとバチが当たるぞ」

「盗み聞きの方がバチ当たりじゃない?」

「ここにいたのは俺の方が先だ。用事が終わったのなら早く教室へ戻れ」

「名雲くんは?」

「ここは俺のお勉強スポットなんだよ。昼休み中はここにいるんだ」

なんなら教室よりここの方がずっと居心地がいいんだからな。

だというのに、高良井は俺の隣に座ったまま動こうとしなかった。

折り曲げられた白い脚が目に入って仕方がない。別に見ようとしているわけではなく、膝に乗った問題集に視線を向けると視界の端に入り込んでしまうのだ。

「なんか名雲くん、つめたーい」

「普通だ」

俺が気にしないといけないのは、紡希だ。紡希の問題が何も解決されていない以上、それ以外のことにかまけている時間なんてない。

ただでさえ最近の紡希は俺と一緒にリビングにいる時も会話に困っているようで、俺よりもスマホを見つめている時間の方が長いのだから。

俺は不器用だから、複数のタスクを並行して行うことができないのだ。最優先するべきなのは紡希のことだ。

「名雲くんはさぁ」

高良井は、本当にただなんとなくという感を出しながらこんなことを言った。

「私に告白しないの？」

そんな疑問をぶつけること、ある？

つまり『私を好きにならないの変じゃね？』と言っているも同然なわけで、自信過剰にもほどがある。そう言えるだけの見た目や被告白率を誇っているとはいえ……人は、そこまで自信を限界突破できるものだろうか？

「……普通は、高良井さんに告白する男子より、しない男子の方が多いものなんだけど？」

「…………え？」

俺がじっと視線を向けると高良井の目が見開かれ、白い頬がみるみる赤くなっていく。

「そう……だよね」

あーっ、と小さくうめきながら、高良井は頭を抱えた。

「告白されすぎて完っ全にマヒしてた……」

聞きようによっては嫌みにしか聞こえないが、高良井の声音には切実さが混じっていて、信じがたいことに本気で悩んでいるようだった。

もちろん俺が、感覚がおかしくなるほど告白されている人間のことを理解してやれるはずもなく。

「いっそ誰かと付き合ってしまえば、告白されることもなくなるだろ」

それだけ告白されているのなら、一人くらいはこれだと思える男子もいるだろう。

「さっきのヤツ、追いかけてきたら？」

「もう断っちゃったよ」

「それなら次に告白してきたヤツと付き合えばいい」

高良井の恋愛事情になんて首を突っ込みたくない。俺には手に負えない領域だから。

「じゃあ名雲《なぐも》くん、私と付き合ってよ」

「なんだ？　変化球のいじめか？」

「なんでよ。卑屈すぎでしょ。本気だよ。だって名雲くん、頭いいんだし頼りになるもん」

高良井には嘲笑してやろうという雰囲気はなかった。

どうやら高良井は、一度もまともに会話したことのないクラスメートを頼るくらい切羽詰まっているらしい。

だからといって、俺の中の優先順位は変わらない。

「悪いが、俺は誰とも付き合う気はない」

場合によっては、ぼっちのお前がなに言ってんだ、とばかりにカースト最上位リア充女子の高良井にキレられかねないセリフだったが、高良井がニ〜マニマ笑みを浮かべていたものだから俺は驚愕《きょうがく》した。未知の存在を前にして恐怖すらしていたかもしれない。

「だよね〜、断っちゃうんだよね〜」

とりあえず怒ってはいないようなのだが、これは笑いながら怒っているパターンも考えられるので、一応フォローの言葉を入れておくことにした。

「俺は今、とある一人の女の子のことしか考えていない。他の女子に構ってはいられないんだ」

それがたとえモテ女高良井《たからい》だろうが、紡希の前では足元にも及ばないのだ。

生まれた時から知っている、大事な人だからな。

高良井なら、俺が手助けしなくても平気で生きていけるだろうし。

「えっ、名雲くん彼女いるの？　マジで？　どんな子⁉　画像ある⁉」

高良井はやたらと瞳をキラキラさせて俺に迫ってくる。目がデカいわ澄んでいるわ、接近したことでもう一つのデカいのが迫るわで俺はまともな思考回路を失いそうだった。

「違う、そういうのじゃない」

俺は慌てて否定する。

紡希のことは好きだが、あくまで『妹』にしていいとこである。

「……でも、大事な人という意味では彼女に近いか」

冷静さを欠く中でも、どうにかそれだけは言えた。

紡希と面識のない高良井が相手だろうと、紡希を大事にしていることを表明したい意地のようなものがあった。自分に言い聞かせるためでもある。

「そっかー。なんかフクザツっぽいけど、名雲くんって大事にしてる子いるんだね。いいなー」

「うらやむほどか？」

「だってそういうの口に出して言えることって、そんなないでしょ？」

俺の気のせいだろうが、高良井の視線にはどことなく敬意めいたものが混じっているように感じた。

「んー、じゃあこういうのは？」

　高良井は立ち上がって、腰に手を当てながらこちらを見下ろす。

　スカートが短いせいで風が吹けばとんでもないことになりそうだ……ここ、わりと強い風来るけど大丈夫か？

「私の彼氏にならなくていいから、告白するために昼休みに呼び出す人の役やってよ。毎日」

　なんだかとんでもないことを言い出した。

「やたらと面倒な注文してきたと思ったら……それ、どういう意味があるんだ？」

「私、ここ最近は昼休みのたびに告白に呼び出されてて——」

　高良井が言ったのは、こんなことだった。

　モテ女高良井は、毎日のように告白されていて、特に時間が空く昼休みになると、告白の呼び出しのせいで校内の至るところへ赴くハメになっているらしい。おかげで友達とお昼のひとときを満足に過ごすことができず、とうとう購買やコンビニで買うパンやおにぎりのように手早く食べられる昼食しか摂《と》れなくなってしまったので、いい加減にしてほしいそうだ。

「だったら、呼び出しの時点で断ったらいいだろ」

「話も聞かずに断るわけにはいかないでしょ」

変なところで律儀《りちぎ》な高良井だった。その軽そうな見た目は飾りか。案外押しに弱いのかもしれない。気が強そうな顔しているように見えるんだけどな。

「それに、いい加減断りっぱなしなのもこっちのメンタルヤバくなるんだよね」

告白は断られる方だけではなく断る側も傷ついてるんだよ、とかいう話は俺も聞いたことがある。俺からすれば強者の理屈でしかないけどな。

「だから、相手が名雲くんってことは言わないで『呼び出されてるからー』ってここに来ることにすれば、私は『先に約束があるから昼休みの時はごめんね』ってウソつかずに断れるし、告白で昼休みが潰れることもなくなるし、いいことずくめかなって」

俺で告白の予約枠を埋めておくことで、見知らぬ男子から昼休みの時間を奪われることを避けようということか。

なんというか、そこに俺の都合がまったく考えられていないあたり、スクールカースト上位者の差別意識が出ているよな。

「昼休みのほとんどをここで過ごすってことか?」

「うん。誰も来ないし、いい感じの隠れ家になりそうだから」

あたりを見回す高良井。秘密基地を見つけた男児みたいに興奮している様子だった。

もちろん俺としては、せっかく見つけた勉強スポットを失いたくなかった。いつものように一人で勉強できる空間を維持し続けたかった。

だが……そんな俺の姿勢がダメなのではないか？　と気づく。

俺はぼっちである。クラスメートと交流はない。学校にいる間勉強に専念したことに後悔はないが、人付き合いを疎《おろそ》かにした負い目はある。

高良井は思ったより話しやすいし、これを機に女子と交流する練習ができれば、紡希《つむぎ》のことを理解できるようになれるかもしれない。そう思えば、多少勉強時間を削ることになっても高良井と関わるメリットはある。

「……俺の気が散らないようにしてくれるならいいけど」

「マジで⁉　いいよいいよ、絶対邪魔しないから！」

言うやいなや、俺の肩にぴったり密着するレベルでくっついてくる高良井。

「だからそれをやめろと言ってるんだよ」

「なんで？」

「高良井さんみたいな女子の常識は俺の世界では非常識なんだよ。俺は非常識を食《く》らうと勉強に集中できなくなるから、それ、やめろ」

「なんすか、よくわかんないけど、照れてるってことでいいんすか？」

高良井は、にーやにやしてとてもいやらしい顔をしていた。

「照れてないわ」

「えー。ほんとにー？」

などと言いながら、高良井はいっそう俺との距離を詰めてきた。

ブレザー越しとはいえ、高良井の感触とか温度とかやたらと生々しい情報が伝わってくる。

「とにかく、俺の勉強の邪魔だけはしないでくれよ」

やたら体が熱を持っていて、高良井にまで伝わってしまわないか心配だった。

「はいはい」

わかっているんだかいないんだかの返事をされたところで、予鈴が鳴った。

「あ、どうする？　一緒に教室戻ったらなんか誤解されちゃわない？」

「大丈夫だろ。俺と高良井さんではヒューマンステージが違いすぎる。疑われる余地すらない。気にせず戻れ」

「それさー、自分で言ってて悲しくならないの？」

「これくらいで悲しいと感じてたら俺はとっくに登校拒否してるよ」

「ほら、私はもう友達だから……」

「同情されるほどキツいことはないな。それ、トドメか？」

明日俺の席は空席になっているかもな。まあ、紡希を心配させたくないから、何があろうと登校するんだが。

そんなこんなで、今まで一切付き合いがなかった高良井と、昼休みの間だけとはいえ秘密の場所を共有する仲になってしまったのだった。

◆3【グイグイくるギャルが思ったよりいいヤツだった件】

半分冗談だと思っていた高良井による告白回避作戦だが、彼女はガチだった。

毎日のように、昼休みになると非常階段の前にやってきた。

どうせ勉強の妨害をするようなことをしてくるのだろう、と疑っていたのだが、おおむね俺の望み通りにしてくれた。そもそも高良井がここに来るのは、あくまで呼び出しを食らった時に断るための理由付けでしかないから、昼休みの間中ここにいるわけではない。

本当に毎日来ているわけではなく、告白の予約が昼休みを指定されない時もあるので、そういう時はクラスの友達と昼食を楽しんでいるらしい。

高良井としては、厄介な告白の魔の手から逃げるための苦肉の策のはずなのだが、どういうわけかこの場所にやってくる時は、それほど嫌そうにはしていなかった。

それどころか、嬉《うれ》しそうですらある。

俺の気のせいか思い上がりだろうけれど。

ただ、高良井と話しているおかげか、俺は紡希を前にした時ちょっと勇気が出るようになっていた。

今朝だって、特別な事情から電車での通学を強いられている紡希のために、『駅まで自転車で送るぞ?』と聞いたら、『うん、お願い』と素直に返してくれたもんな。二人乗りの都合上、俺の腰に摑《つか》まらなければいけないのに、紡希は嫌がらなかった。

これはひょっとしたら、高良井効果なのかもしれない。

そしてこの日も、いつものように俺の隣に高良井が腰掛けていたのだが。

「——そういえば名雲くん、妹は元気?」

そう言われた時、俺は高良井の方を振り向かざるを得なかった。

どうして俺の家族を知ってるんだ? 誰にも言っていないはずなのに。訊《き》いてくるほど仲いいヤツがいなかったからな。

「思い出したんだけどさー、名雲《なぐも》くんみたいな人、この前駅前のファミレスで見たなって」

　思い当たる節があった。

　紡希が名雲家へやってきたばかりの頃、最寄り駅の近くにあるファミレスで歓迎会をした。名雲家は学校に自転車で通える範囲にあるから、駅前となれば誰かしらクラスメートに遭遇することだってあるのだが、まさか高良井に見られていたとは。

「人違いだろ」

　あまり家族の話に突っ込まれたくなかった。紡希のことに触れる可能性が出てくる。

「えー？　あれ、めっちゃ名雲くんだったけどなぁ」

「めっちゃ俺、ってどんなだよ」

「あとほら、デカい男の人がめっちゃ笑っててー、なんか楽しそうだったよ？」

「親父《おやじ》め……」

　ついそんな言葉が漏れてしまった。

「『親父』って呼んでるんだ？」

「違う。父さん」

「隠さなくてよくない？」

　高良井《たからい》はくすくすと笑った。

「ていうか、名雲くんの妹、めっちゃ可愛《かわい》いねー」

「まあ、それなりには」

めっちゃ可愛いよ！　と俺だって同意したかったけれど、事情を知らない高良井にそんなことを言えば重度のシスコン扱いされてしまう。変人扱いは勘弁してほしいところ。

「いいなー。兄妹《きょうだい》いて。私ってひとりっこだから、仲いい兄妹いるの憧れなんだよねー」

「……仲が良《い》いかどうかは、わかんないけどな」

ぽつりと漏れた俺の呟《つぶや》きは、架空の兄妹を生み出して幸せな妄想にふけってにまにましている高良井には聞こえないようだった。

俺は高良井と何の交流もなかったのだが、友達同士で会話しているのが偶然耳に入ってくることはあって、どうも高良井は高校生ですでに一人暮らしをしているらしかった。まあ、高良井みたいにモテる女子が一人暮らしをしていると聞いた時点で、俺の頭の中には彼氏を引っ張り込んであれやこれやしているのだろうというイメージしか湧かなかったから、余計遠い存在に感じて親しみを持つことなどなかったのだが。

「でもよかったー、名雲くんってちゃんと答えてくれるんだね」

妄想から戻ってきた高良井が言う。

「俺にも口くらいついてるんだぞ」

「そういうことじゃなくてさー」

　またも笑う高良井。

　俺は、女子、特に高良井みたいな派手で主張が強そうですぐ笑う女子なんて苦手中の苦手だったはずなのだが、どういうわけか不快感を覚えることはなかった。

「前から話したいと思ってたんだけどさ、名雲くんって教室でもいつも勉強してるから。邪魔しちゃ悪いかなって思って、できなかったんだよね」

　意外なことに、高良井にもそういう遠慮の心があったようだ。

「俺には勉強しか取り柄がないからな。少しでも人より多く勉強しないといけないんだ」

「そんなことないと思うけどなー、他にもいっぱいいいとこあるよ」

　具体的にいいところを挙げないあたり、これも高良井なりの気遣いなのだろう。

「授業とか勉強でわかんないところあったら教えてね」

「俺を便利に使おうとするなよ」

　今の俺に、他人に構っているヒマなんてないわけだし。

「んふふ。名雲くん、めっちゃ冷たいじゃん」

　そのわりには声が弾んでいた。冷たくされて喜ぶなんて、こいつ変態か……？

「教えてくれたら、代わりになんかしてあげるから」

「なんかって、何だ」

流れで反射的に言ってしまったことを後悔するくらい、高良井はニヤニヤする。

「なにがしたい？　名雲くんの大事な場所紹介してもらっちゃったし、私だってそれなりのお礼しないとダメだよね～」

両肘を膝に当てて頰杖《ほおづえ》をつき、俺に視線を送ってくる姿はまさに妖婦である。

とてもモテる美少女な上に、制服を着崩して露出も高い高良井は、俺からすれば屋外だろうと平気でエロいことをしでかしそうなイメージがあった。

「じゃあ紡希が……」

高良井に性的に貪り食われる恐怖から逃れるように頭に浮かべたのは、紡希のことだった。

「……いや、なんでもない」

高良井に紡希のことで力を借りようと一瞬でも考えたことに驚いた。

ただ同性というだけで、未《ま》だ謎ばかりの高良井に助けを求めようとしたっていうのか？

どれだけ追い詰められているというのだろう。

「そこでやめないでよ。紡希《つむぎ》ちゃんって誰？」

「……だから、『妹』だよ。高良井さんが見かけたっていう」

「ああ、あの子がそうなんだ」

　俺は一瞬、いとこだ、と本当のことを言おうと思ったのだが、紡希の事情まで話さないといけなくなりそうだから『妹』で済ませることにした。

「もしかして、この前言ってた『大事な人』ってその子のこと？」

「ああ」

　他人から指摘されるのは恥ずかしかったけれど、高良井が慈《いつく》しみに溢《あふ》れた笑みを浮かべているので、ついつい頷《うなず》いてしまった。

　まあ、『妹』としか言えないのも、紡希のことを隠しているようで罪悪感が湧いてしまったので、明かしたことで逆にスッキリした。

「あー、やっぱりね。仲良いんだね～」

「なんだぁ。このシスコンめ、みたいな目を向けやがって……」

「別にバカにしてないよ。大事な人が兄妹でもぜんぜんいいじゃん。ていうか、高校生で妹と仲良くできるなんてすごいでしょ。ふつうはケンカばっかりしちゃうものじゃない？　瑠海《るみ》……私の友達はお兄ちゃんとケンカばっかりしてるって言ってたよ？」

　高良井は真剣な表情で、どうも本気らしかった。

「で、その紡希ちゃんをどうしてほしかったの？」

「なんでもない。忘れてくれ」

思ったよりは話がわかりそうなヤツではあるけれど、出会って間もないクラスのリア充にポンと話せるようなことでもない。

それに、高良井は俺と紡希が仲良しだと思っている。それは俺の理想なわけで、高良井の頭の中にしかなくても、俺と紡希が仲良しな世界を維持しておきたい気持ちがあった。

「なんだよー、気になるなー」

高良井から頬を軽くつねられようとも、高良井に詳細を話す気にはなれなかった。

これは、俺の、名雲家の問題だから。

★

高良井は俺と紡希が仲良しだと思っている。

もちろんあれはウソだ。

俺が帰宅してしばらくすると、紡希が帰ってきた。

最近の紡希は、帰りが遅い。

少々特殊な通学環境の都合上、放課後に友達と遊んでから帰ってくることが多いからだ。

紡希の友人関係が相変わらず良好に維持されているのは、俺にとっても嬉しいことだった。母親を亡《な》くしたあとも、以前と変わらない環境があるのはいいことだから。

「紡希、遅かったなー」

夕食を準備する手を一旦止めて、探るように、俺は言った。しつこくしすぎればウザがられて逆効果だ。

「うん、ごめんね」

「いや、謝らなくていいけど……」

うるさいなぁ、シンにぃには関係ないでしょ、くらい言ってきた方が、本音が見えるだけに簡単だったかもしれない。

「シンにぃはさぁ、いつも帰ってくるのが早いけど……」

もじもじしながら、紡希が言う。

紡希の方から話しかけてきた時は、全神経を集中させて聞きの姿勢に入るのだが。

「ううん、なんでもない」

紡希は困ったような笑みを浮かべて、結局何も言い出すことなくリビングのソファに腰をかける。

紡希は、中学に電車で通学する都合上、スマホを持ち歩いている。

スマホなんてソシャゲかネットに使うだけの限られたツールと化している俺と違って、紡希はスマホの機能を十二分に使いこなしているらしく、ディスプレイを見つめてニコニコしているところをよく見かけた。

正直、俺と向かい合っている時よりずっと楽しそうだ。

とはいえ、紡希はスマホを通して友達と交流しているのだろうし、紡希を孤独にさせない役目を果たしているので、別に悪いことだとは思っていなかった。

だから、嫌みのつもりはなかったのだが。

「紡希はスマホが好きだなー。まあ俺よりハイスペックで頼りになるもんなー」

「…………」

何気なく言った俺の言葉は、思ったより重く受け止められてしまったようで、表情を失《な》くした紡希がさっと隠すようにスマホをポケットにしまい込んだ。

「シンにぃ、ごめんね、そういうつもりじゃなくて……」

紡希が慌てふためき、重い空気が流れる。

予想していない反応に、俺は凍りついた。

単なる冗談のつもりで、ただ笑ってほしかっただけだ。

そんな深刻そうな顔をさせるために言ったわけでも、謝らせるために言ったわけでもない。

　自虐ネタもまた、相応の信頼関係がないと成立しないのだ。冗談として捉えてもらえなかったことで、紡希との信頼関係の危うさが浮き彫りになり、俺は逃げるようににんじんを刻む作業へ戻った。

「シンにぃ、違うの～。にんじんをわたしに見立ててトントンしないで～」

「いやそういうつもりじゃないよ⁉」

　半泣きで俺の腰にひっついてきた紡希の発想に驚愕《きょうがく》して、俺は振り返る。もちろん包丁をきちんとまな板に置いてからだ。

　どうやら俺は、またもや紡希に余計な気を遣わせてしまったらしい。名雲《なぐも》家を紡希にとって世界一居心地のいい空間にするはずが、このザマだ。

　俺と紡希は、表立って仲が悪いわけではない。顔を合わせればちゃんと会話だってする。

　ただ、時々こんな感じに、俺が思っていない反応を食らってしまうことがある。

　だからと言って、紡希に対して何もコミュニケーションを取らないわけにはいかない。

　彩夏《あやか》さんがいない今、身内の相談相手は俺くらいだ。困ったことがあった時に吐き出せる相手が、誰かしら家の中にいなければならない。親父《おやじ》もいるにはいるが、仕事の都合上たまにしか家に帰ってこられない。

そうなると、俺がどうにかしないといけない。

そんな意気込みに反して、こんなことになっている。

何かがあったあとでは遅い。

紡希を見守る役目は、俺が果たさなければいけないと思っていたのだが、ひょっとしたら、もはや俺だけではダメなのかもしれない。

★

昼休みの逃避生活が二週間も続くと、相手が高良井《たからい》といえども俺にだって慣れが出てくる。

こんなところに逃げるハメになったわりには楽しそうだな、と、試しに訊《き》いてみることにした。

高良井は、どこに腰掛けるかなんて選び放題な状況にもかかわらず、俺の隣にばかり座る。この日もそうだった。

「名雲くんってなんか他の人と違うんだもん」

高良井は言った。

「一緒にいると安心するんだよ」

高良井がクラスのリア充グループの男子と話している姿はよく見かける。俺からすれば、一緒にいて安心を感じられる男子に困っている様子は見当たらないのだが、そこでなんで俺なんだ？

「だって名雲くん、絶対私に告白とかしてくる気ないでしょ？」

「……えっ、そういう理由？」

俺だって人を好きになる機能はついてるんですけど……。

「シスコンだし」

「シスコンではない」

紡希はいとこだから。戸籍上、紡希はまだうちの家族ではないから、『妹』ではない。

「さっき横から見たけど、スマホの壁紙、この前見せてもらった紡希ちゃんだったじゃん」

「こっそり見るなよなぁ」

こいつは女だから隣同士で用を足す時は覗《のぞ》いてはいけないって連れションのマナーを知らないのだ。だからそういう失礼なことを平気でするのだろうか。

昼休み限定の二人きりの時間の中、俺は話の流れで紡希の画像を高良井に見せてしまっていた。どういう流れでそうなったのかは忘れた。

「これは学校でぼっちでも紡希が見守ってくれれば頑張れるというおまじないの証《あかし》だ」

どうせ笑われるだろうな。だが、俺としては本気である。

紡希は俺が守らねばならない存在。『逃げない、負けない、あきらめない』という誓いをすぐ確かめられるように、俺は紡希の画像を壁紙にするという変態スレスレ、ところによりアウトな行為をしている。もちろん画像は小学生時代の紡希が微笑《ほほえ》んでいるだけの健全なものだ。俺としては今の姿のも欲しいのだが、とてもではないが『撮らせて』と言える状況にはない。

来いや、笑って来いや、と俺は、バカにされようが耐えられるように精神的な受け身の準備をしていたのだが。

「ていうか、そういうとこなんだよねー。名雲くんのそばが安心するの」

高良井は慈しみの視線を向けていた。

卑屈な俺ですら、バカにしている、という解釈ができないくらい、それはそれは温かな眼差《まなざ》しだった。

「私、名雲くんみたいに家族を大事にしてる人好きなんすよ」

普通、年頃なら『家族』だなんだってワードを出すのを嫌がりそうなものだ。俺だって、外であまり親父の話はしたくない。

だというのに、高良井は一切恥ずかしげもなく口にした。

高良井は高校生にしてすでに一人暮らしをしているらしい。何かしら、家族に思うところがあるのかもしれない。

「人としての温かみっていうの？　そういうの感じちゃうっていうかー」

両脚を抱えるようにして、前後にゆらゆらしながら高良井が微笑む。

以前高良井は、俺が紡希《つむぎ》や親父と一緒にファミレスにいるのを見た、と言っていた。

あの日は紡希がうちで暮らすことになった初めての日で、紡希の歓迎会を兼ねてあの場にいたのだ。あの時から紡希は遠慮がちだったけれど、普段通り明るい親父がいたおかげで傍《はた》から見れば楽しい場に見えたのかもしれない。それが俺に対する高良井のイメージなのだろう。紡希に対する態度を含めて、実態以上に良く見えていたのだ。

「……まあ、家族仲は悪くはないかな」

現状での正式な家族である親父とは、ずっと親子二人で暮らしてきただけあって、仲がいいと言い切れるレベルにあった。ていうか、親子っていうより友達の感覚なんだよな。小学校から今までずっとぼっち気味の俺の相手をしてくれたのは、親父だったから。

「でも俺には、高良井さんが思ってるような温かみなんてないぞ」

本当に俺が高良井の言う通りの人間なら、紡希とだってちゃんと仲良くやれているはずだ。それこそ、冗談を冗談と受け止めてくれるような仲になっているだろうよ。

「なんで？　紡希ちゃんと仲いいんじゃないの？」

「……仲良くは、ない」

これは実は、どう答えるべきか迷った。

紡希の境遇は特殊だから、家族以外の人間に話したくはない。

だが、俺一人では打開策を思いつけそうにない今、頼る相手がいるとしたら、高良井しかいない。

「……俺は、紡希に冗談を冗談と受け取ってもらえなくて気を遣わせるくらい信頼されてないからな」

迷った末、俺は、高良井を試すようなことをしてしまう。

この前の、紡希に気を遣わせてしまった一件を伝えた。

話すだけで気が重くなってしまうことなのだが、高良井はというと、しょうがない子ね、とでも言いたげな慈《いつく》しみの笑みを浮かべていて。

「でもさ、それ、紡希ちゃんが名雲くんのそばにいたってことは、紡希ちゃんも名雲くんと話したかったってことだよね？」

「それは……」

「紡希ちゃんだって、名雲くんと同じように上手《うま》く伝えられないのを気にしてるんじゃない？　大丈夫だよ。紡希ちゃんだって、ちゃんと名雲くんのこと好きだよ」

ファミレスで見かけた程度の付き合いしかない紡希のことを知ったふうに語る高良井に、しかし俺はまったく嫌悪《けんお》感を抱かなかった。

なんか、高良井が言うならそうなのだろうな、と思ってしまったからだ。

なにせ、俺よりずっとコミュニケーションに長《た》けたヤツなのだ。

いろんな人間を見てきているだろうから、ひょっとしたら、俺の視点なんかよりもずっと信頼できる。

高良井になら紡希の境遇を話してみてもいいような気になっていた。

問題は、多忙な高良井が俺の相談を受け入れてくれるかどうかなのだが……。

「紡希のことで聞いてもらいたいことがあるんだが……ちょっと重い話するけど、いいか？」

「いいよ」

高良井は即答だった。

「私の面倒なお願いだって聞いてくれたんだし、これで貸し借りなしだよね？」

嫌そうな表情一つすることがなかった。

そんな態度なのも、リア充だからなのか、それとも高良井の人間性なのか、俺にはわからなかったが、俺の背中を押す結果にはなった。

「……紡希は、妹じゃなくていとこで。去年までは母親と暮らしてたんだが、その母親が亡《な》くなったから、うちで暮らすようになったんだ」

意を決して、俺は言った。

「俺はずっと親父と二人暮らしだったから、中学生女子と同じ空間で暮らして、どう接すればいいのかわからなくてな。紡希は母親に懐《なつ》いていたから、本当は以前の生活に戻りたいんだろうけど。……それがもう無理だから、せめて少しでも名雲家を紡希にとって居心地のいい場所にしてやりたいんだ」

高良井は茶化すようなことを言わず真剣に聞いていていて。

「なにそれー、紡希ちゃんって私が思ってたよりずっと大変じゃん……」

なんと、涙をぽろぽろこぼし始めた。

高校生になってからというもの、誰かが泣くのを目の当《ま》たりにしたのは初めてで、俺は自分でもびっくりするくらいおろおろしてしまう。

紡希と接点なんてないはずなのに、どうして泣くほど感情移入ができるんだ？

とはいえ、紡希のためにここまで泣いてくれる人間を前にすると警戒だって緩むというもの。

「あれー、なんでこんな出てくるんだろ」

涙声の高良井が、指先で目元を拭おうとする。

「なんでもなにも……ほら、よかったら使ってくれ。まだ使ってないヤツだから」

ようやくある程度冷静になれた俺は、ポケットから取り出したハンカチを手渡す。

「わかったよ名雲《なぐも》くん、私も協力する！　名雲くんが、紡希ちゃんと打ち解けられるように！」

目元を覆っていたハンカチから顔を上げて、高良井が言った。

「いいのか？」

高良井の中ではギブアンドテイクが成り立っているらしいのだが、俺は単に高良井と一緒にただ昼休みを過ごしているだけだ。高良井の方が負担が大きいだろうに。

「うん。友達だもん、かんたんだよ！」

「かんたん、なのか……」

そう言い切る高良井《たからい》の積極性を羨ましく思う。

しかし、いったい何をしでかそうというのだろう。そこは不安だ。

高良井のことだから強硬策に出てきて、高良井みたいな陽キャのギャルが俺の周りに大集合したと思ったら『名雲くんのために「ギャル百人組手」の場を用意したよ。まずは女の子に慣れないとね！　はい、順番にお話しして！』とかいう企画モノみたいなことをさせられるんじゃないだろうな。

予鈴が鳴った。

俺より先に立ち上がった高良井は、カンカンと軽快な音を鳴らして階段を上がっていき。

「あ、ハンカチはあとで洗って返すからー」

手すりから上半身を乗り出して、ハンカチをひらひら振ってくるのだった。

◆4【義妹の友達にあっという間に距離を詰められる】

とある日の夜。

「ねー、シンにぃ」

二人だけの夕食の時間を過ごしていると、紡希が言った。

「今度の日曜日、友達つれてきていい？」

「ああ、もちろん」

紡希から話しかけてきてくれたことと、『紡希の友達』という紡希を支えてくれる大事な存在を感じた俺は、内心テンションが上がっていた。

「女の人なんだよね」

友達の正体が男子の可能性を密《ひそ》かに恐れていたから、これには安心させられた。

「それなら俺はどこか出かけた方がいいかな」

「えー、なんでどっか行っちゃうの？　予定あるならしょうがないけど」

「いや予定はないんだが……俺、いていいのか？」

「いいよ。あと、その人、夕ご飯も食べてくから」

なるほど。コック役が必要というわけか。まあ紡希から頼りにされているのなら、なんだっていいのだが。

初対面の紡希の友達と一緒に夕食……か。

俺としては、中学生といえども異性だから余裕で構えてもいられないのだが、華やかなギャルと密着しながらの食事よりはずっと楽そうだ。

「よ～し、俺、腕によりをかけてご飯つくっちゃうぞ～」

調子よく俺は言った。

★

そして休日になる。

家事を片付けている最中、出かけていた紡希が帰ってきた。

例の友達を迎えに行っていたのだ。

なんか緊張してきたぞ……。

「おじゃましまーす」

紡希の後ろから現れた人影を見て、俺はサマーソルトキックの要領でひっくり返りそうになった。

長い栗色《くりいろ》の髪に、気の強そうな瞳に、常にからかいのチャンスを狙っていそうな表情をした長身のスタイルよしな女。

何故《なぜ》、高良井結愛《ゆあ》が、我が家に？

ていうか紡希といつ知り合ったんだ？

「……紡希《つむぎ》、まさかその人が友達……？」

動揺を抑えながら、俺はどうにか訊《たず》ねる。

「結愛さんだよ！」

紡希は、瞳をキラキラさせながら言った。

名雲家で暮らすようになってから、これほど嬉《うれ》しそうにする紡希を見たことはなかった。

「すっごくキレイでしょ！　お星さまみたいにキラキラしてるんだよ。ほんもの見た時はびっくりしちゃった」

「ちっす、お星さまっす」

悪ノリする高良井が、チャラ男みたいなポーズをする。紡希はその腕に抱きついてきゃあきゃあ言っている。

なに、この懐きっぷり……。

ちょっと怒りが湧いてきていた。

まるで、紡希を取られたかのような気分だ。

「見たところ、紡希より年上っぽいけど、いったいどうやって知り合ったのかな？」

高良井への嫉妬心から、俺は知らない人のフリをする。

「そりゃネットよ。紡希ちゃん、シイッターやってるでしょ？　名雲くんの妹が紡希ちゃんってわかったあと、紡希ちゃんのシイッターアカウント探してみたらあったから、そっからDM送ってやりとりしてたんだよね」

紡希に訊《き》いたのに、答えたのは高良井だ。

確かに紡希は、暇さえあればスマホとにらめっこをしていた。

俺はてっきり学校の友達とやりとりをしているのかと思ったのだが、まさか高良井だったとは……。そりゃ俺よりスマホに夢中になるはずだよな。

とはいえ、高良井に特定されるレベルで個人情報丸出しにSNSをやっていたことは、注意しておかないとな。

「ダメだろ紡希、そんな危ないことしたら。もう二度と知らない人から連絡もらってもやりとりするんじゃないぞ」

相手が高良井だからよかったものの……今後、場合によってはシイッターの禁止も視野に入れないといけない。

「でも、結愛さんはシンにぃのクラスメートだって。シンにぃの友達なら、会ってもいいかなって思ったの。どういう人か気になったし」

バツの悪そうな顔で、紡希が言う。

「……なんだ、俺のクラスメートだって知ってたのか」

「名雲くんの関係者って教えとかないと、紡希ちゃんだって連絡返してくれないでしょ。知らない人のDMはちゃんと無視するくらい、紡希ちゃんは頭いいんだよ」

「危ない人かそうじゃないかくらい、わたしにもわかるんだから」

紡希から責めるような視線を向けられてしまう。

気になることがあって、俺は高良井だけリビングの隅に呼び寄せる。

「……まさか、これが俺にする協力なのか？」

「びっくりした？」

悪びれる様子もなく、高良井が言う。

「ああ。ていうか、紡希と前からやりとりしてたなら俺に教えてくれたっていいだろ」

「黙ってたことはごめんだけど、そこは女の子同士の秘密だったたから。そのうち話す気ではいたけどね。でも名雲くんが悩んでたから、これはもう秘密のままにしちゃいけないって思って今日来てネタバラシすることにしたんだよ」

そして高良井は急に俺に近づき、耳元でこう囁《ささや》く。

「紡希ちゃん、めっちゃいい子だよね。なんか難しい子なのかなーって思ってたけど、好きになっちゃった」

高良井の吐息に耳の穴を侵略された俺はドキドキで身動きが取れなくなる。

「悲しいことがあっても、ちゃんと名雲くんが見守ってたおかげじゃない？」

それだけで、俺がこれまでしてきたことが報われたような気さえした。

「じゃー紡希ちゃん、一緒に遊ぼ」

俺のことなんてそっちのけで、二人はリビングで遊び始めてしまった。

家事が残る俺まで交ざるわけにはいかず、仕事をしながらちらちら様子を確認していたのだが、紡希は楽しそうに見えた。

こんなに楽しそうな紡希を見たのは、初めてかもしれない。

もしかしたら、学校ではそういう顔をしているのかもしれないが。

ただ、高良井と一緒にいる時の紡希は、母親を失った悲しみを感じさせない、昔から俺が知る通りの紡希だった。

★

俺は高良井を含めた三人分の夕食をつくるべく、冷蔵庫に頭を突っ込んでいた。

昨日買い物をしたばかりだから、食材は十分に揃《そろ》っているとはいえ、『紡希の友達』にヘンなものを出せば紡希からの信頼を失う恐れがあるから、献立選びは慎重にしなければいけない。

「名雲《なぐも》くん、手伝おっか？」

紡希の部屋にいたはずの高良井がやってきて、言った。

「突然押しかけちゃったわけだし、じっとしてるのもアレだから」

高良井が俺のすぐ隣に立つ。

「そもそも高良井さん、料理なんか――」

できるのか、と聞こうとしたのだが、そういえば高良井は一人暮らしなのだった。一通りの家事スキルは身につけているはずだ。

「じゃあ、そっちのヤツ切ってくれる？」

「オッケー」

腕まくりをした高良井は、慣れた手付きでネギを刻み始めた。

「わりとできるな」

「これくらい簡単なんですけどー」

侮《あなど》られて不満そうな口ぶりの高良井だが、次第に鼻歌が交じるようになっていた。

鍋をかき混ぜながら、ちらりと隣の高良井を見る。

男所帯だった我が家で、女の人が台所に立つのを見かけるのはまずないことで、その違和感に胸がむずがゆくなってしまう。

紡希の家に遊びに行った時に、彩夏《あやか》さんが料理しているのを見た時以来か。

高良井《たからい》は、なんとなくだが彩夏さんに似ている気がした。

見た目ではなく、雰囲気が。

いつの間にか自分のペースに引きずり込んでいるとこなんか、そっくりだ。

まあ、異性慣れしていない俺のことだから、単に比較対象が少なすぎて異性と見るや全部『彩夏さんっぽい』と感じてしまっているだけの可能性もあるけれど。

世話になった人間を重ねたせいか、高良井への警戒が薄くなっていた。

「高良井さん、今日はありがとう」

そんな言葉が、ぽろっと漏れた。

「なんなの急に～」

にやにやする高良井だが、どことなく恥ずかしそうでもあった。

「俺、紡希と同い年くらいの友達には会ったことないから。俺以外の前だとああいうはしゃぎ方するんだって、なんか新鮮だった」

「別に、私の前だからってわけじゃないと思うけどー」

高良井が、包丁をまな板に置く。

「紡希ちゃん、名雲くんが思ってるよりは、お母さんがいなくて悲しいって気持ちばかりじゃないんじゃない？」

高良井の言葉は、俺からすれば衝撃だった。

俺はずっと、紡希は母親を亡《な》くしたことでどこまでも悲しみに沈んでいると思っていたから。俺の前では普通に振る舞っていても、母親が恋しくて泣くような、名雲家へやってきたばかりの頃のイメージがずっと強烈に残っていた。

部外者に何がわかる、とも言えなかった。

高良井は……紡希の境遇を聞いて、たいして親しくもない俺の前で、メイクが崩れるのを気にすることもなく泣いてみせたのだ。

それほどまで紡希に感情移入してくれた人間が、てきとうなことを言うはずがない。

「紡希ちゃんのこと大事にしたいのはわかるけどさ、いつまでも『傷ついたかわいそうな子』って見られ方するのも、紡希ちゃんだってキツいと思うんだよねー」

高良井は言った。

「紡希ちゃんと仲良くしたいなら、名雲くんも、紡希ちゃんのいろんなとこ見てあげた方がいいんじゃない？」

その優しげな微笑《ほほえ》みのおかげで、俺は頑《かたく》なにならずに済んでいた。

「そう……かもな」

打開策がなく、ひたすら悩むことしかできない俺にとって、別の視点を持つヒントをくれたことは、とてもありがたいことだった。重りに引っ張られるようだった胸の底が、ふわっと軽くなった気さえする。

そうして、高良井とキッチンに並んで立っていると。

「結愛《ゆあ》さんとシンにぃはさぁ」

いつの間にか紡希が近くに来ていて、キラキラした瞳を向けていた。

どことなく、羨望《せんぼう》を感じられるような。

「実は付き合ったりなんかしちゃったりするの？」

もじもじしながら紡希が言う。

恥ずかしいのは、俺の方だ。

「そんなわけ――」

恐れ多いだろ、という気持ちで否定しようとする前に、隣から肩をグイッと寄せられていた。

高良井と頬がくっつきそうになるレベルで密着している。

「もしそうだったら、紡希《つむぎ》ちゃんはどう思う？」

にこにこしながら地獄の返答を迫る高良井だった。

「すっごく嬉《うれ》しい！」

両手を思い切り広げる大仰な動作で紡希は答える。

「だってわたし……シンにぃがぼっちで、彼女もいないこと、ずっと心配してたんだもん」

「えっ……!?」

俺の中の全臓物が凍りつく感覚がした。

まさか……俺、紡希にはぼっちとバレないように隠し通していたつもりだったのに。

「シンにぃ、わたしが帰った時にはいつも家にいるし、お休みの日も家のこととか勉強ばかりで遊びにいかないし……きっとすごく辛《つら》い学校生活送ってるんだなって思ってて……そういう時、いつも泣きそうなくらい悲しくなっちゃってたの。わたしだけ、学校で楽しくしちゃっていいのかなって」

紡希の肩がしょんぼりと丸まった。

隣の結愛も、これはご愁傷さまだわ……みたいなショッキングな顔を俺に向けてくる。

どうやら俺は、重大な勘違いをしていたらしい。

俺が紡希を心配していた以上に、紡希は俺を心配していたようだ。

なんなら、ぼっちな従兄弟《いとこ》の学校生活は母親の死以上に悲惨で残酷である、と思われているフシすらある……。

自分のことだからわからなかったけれど……俺ってそれだけヤバい状況にいたのね。

そんな状況で『紡希はスマホが好きだなー。まあ俺よりハイスペックで頼りになるもんなー』なんて言われたら自虐ネタじゃなくてぼっちの学校生活で劣等感に苛《さいな》まれた末の苦しみの発言に捉えられて謝られるはずだわ……。ごめんな、紡希。

「でもよかった。シンにぃはひとりじゃなかったんだね！」

紡希は、俺と高良井を一緒に抱えるように抱きついてきた。

「ほんとによかったー」

そして、瞳にはうっすらと涙が。

「……紡希、心配かけてごめんな」

もはや俺は、高良井は単なるクラスメートなんです、と真実を告げる気になれず、高良井がどう思うか気を遣う余裕すらなく、高良井は彼女である、という設定を否定しないままにするしかなかった。

「ほら、こうして友達はちゃんといるから、泣き止《なや》んでくれ」

「えっ、友達……なの？　彼女じゃなかったの？」

紡希がしょぼんと肩を落とす。

「違う違う、彼女だヨ！」

必死で言い直す俺。俺の想像以上に、友達、と呼んでしまった時の紡希の落ち込みようが酷《ひど》かったから、そう言うしかなかった。

「ちょうどよかったよねー、今日は紡希ちゃんと遊ぶついでに、名雲くんとお付き合いさせてもらってますって言うつもりだったから」

高良井が悪ノリを始める。

「ほーら、これ、名雲くんからもらったんだよ？」

「エッ⁉」

高良井のまさかの行動を目《ま》の当《あ》たりにしたせいで変な声が出た。

「わ、ほんとだー」

きゃっきゃ喜ぶ紡希に向けて伸ばした指には、銀色のリングがはまっていた。

当然ながら、俺は高良井に指輪をプレゼントしたこともなければ、プレゼントしようと思ったことすらない。

高良井は普段から校則違反上等のアクセサリをしていて、指輪をしているのも見かけたことがあるが、それは中指で煌《きら》めいていたものだ。薬指なんぞではない。なに勝手に意味づけしちゃってんの。

「台所に立ってる二人を見てるとね、お父さんとお母さんみたいだったの」

うふふ、と紡希は微笑んだ。

「すごいねー、紡希ちゃんは未来が見えちゃうんだね」

高良井が紡希の頭を撫《な》でると、紡希は猫みたいな目をして幸福そうにした。

紡希が、俺と結愛に『友達』ではなく『恋人』でいてほしい理由がわかった。

紡希は父親を知らない。母親である彩夏さんさえいれば父親なんてどうでもいい、と、俺は紡希がそう思っているんじゃないかと解釈していたのだけれど、違ったようだ。

紡希は、両親が揃《そろ》った家族に憧れがあるのだろう。会ったことがないからこそ、逆に憧れるのかもしれない。もし、紡希の本当の父親がそばにいたら、紡希は、『名雲彩夏《なぐもあやか》の娘』のままでいられたはずだから。

俺と高良井と紡希を含めた三人を家族に見立てることで、これほど幸せそうな顔をしてくれるのなら……俺は、紡希の前では高良井と『恋人』で居続けないといけないのかもしれない。

◆5 【この時の記憶、ほとんどないんだよなぁ……】

夕食後、外はすっかり暗くなっていて、俺は高良井を送ることになった。

普段の俺なら、この辺は治安がいいから一人で帰れ、くらいのことは言っている可能性もあるが、さすがに世話になった高良井相手にそれはできなかった。

暗がりで高良井みたいに顔がよくていい匂いがする女子の隣を歩いていると、俺は言いたいことすら言えなくなりそうだった。地面がマットになったみたいにふわふわして現実感がないけれど、まさかこれ、浮かれているんじゃないだろうな……。

だが、言っておかなければいけないことがある。

「お前、どうする気だよ？」

「なにが？」

危機感ゼロの顔で、高良井《たからい》が俺を見る。

「恋人設定とか、絶対どこかでボロ出るだろ？」

「でも、ああでも言わないと紡希ちゃんが悲しんじゃうじゃん？　名雲《なぐも》くん、紡希ちゃんを悲しませたくないんじゃなかったの？」

「それは……」

「それとも、ウソにならないようにマジで友達つくっちゃうか、私以外の子を彼女にしちゃう？」

「なにその無理ゲー」

「でしょ？」

「……でしょ？　と言われるのも複雑だが」

困難な道には違いない。

高校生活も二年目を迎え、よくも悪くも高校の生活に適応した今、急にフレンドリーになることは難しそうだ。教室で固まったキャラは簡単に変えられそうにない。

「まあほら、急にじゃなくても、名雲くんに友達らしき人ができるまではちゃんと彼女やってあげるから」

嫌そうな顔をしていない高良井が不思議だった。

告白から逃れるための避難場所をつくってやったとはいえ、俺は単にちょっと場所を譲っただけで、これほどまで気にかけられるようなことなんてしていないはずなのだが。

これはもう好事家《こうずか》なのだろうな。美食家が珍味にたどり着くがごとく、奇妙な味がする俺を堪能《たんのう》しようというのかもしれない。

「でも急がないと、私が彼女になっちゃうよー？」

「なんだ、自分を罰ゲームみたいに……」

「だって名雲くんにとって私って軽いビッチちゃんなんでしょ？　じゃ、罰ゲームじゃん」

「び、ビッチだなんて思ってないし？」

　しまった。高良井に偏見を向けていたことは、本人にバレてしまっていたらしい。

　まあ、以前までの俺なら、高良井ビッチ説の図式は確固たるものだったのだが、今となっては高良井をビッチとして認識するのは失礼というもの。

「高良井のおかげで紡希に遠慮することもなくなったし、それに、紡希の友達だ。そんな悪口みたいなこと思ってない」

「えー？　ホントかなー」

　突然高良井は、すすす、と実に見事な身のこなしで音もなく距離を詰めてきた。

「こーんなことしちゃっても？」

　高良井が俺の腕にしがみついてくる。

　高良井の柔らかさが腕に一点集中してきたら、冷静なままでいるのは難しかった。もはや二人きりの状態で話す程度ならなんでもないのだが、体の感触を味わわされる状況となると、童貞としてはキツいものがある。

「お前、やめろよそういうの……」

「これくらいで動揺してたら、本当の彼女つくるのなんてムリだと思うんだけどなー」

　ニヤニヤする高良井は、やめてくれない。せっかくビッチの評価を撤回しようと思ったのに、そんな凶器的な体を利用したいじりをしてくるのなら、考えを改めざるを得ないぞ。

「別に、無理して彼女つくる気はない」

俺としては紡希のことが最優先だ。他の女になんぞうつつを抜かしている時間があったら、紡希のために色々してやりたい。

「おっと、それは私で満足してるってことでいいのかな？」

「違う。ていうか高良井さんこそ、俺の彼女みたいに思われて嫌じゃないのか？」

俺にメリットはあっても、高良井にはデメリットしかなさそうなものだけど。

「嫌じゃないよー」

言葉を態度で示すためか、高良井はいっそう距離を詰めてくる。もうなんか、俺にぶら下がっているレベルなんだよな。

「紡希《つむぎ》ちゃんのためでもあるしね」

「紡希の？」

「名雲くんは、もっと女子慣れした方がいいと思うんだよね。紡希ちゃんをヘンに誤解してたのだって、紡希ちゃんが女の子だから、自分にはよくわからないところがあるんだー、なんて思っちゃったからでしょ？」

「それは……」

気にしていたことではあった。

親父《おやじ》との生活に慣れきったぼっちで、異性と関わりがない俺は、これからも紡希の意図に気づいてやることができないかもしれない。

「だったらさー、この際、私で慣れちゃうのもよくない？」

立ち止まった高良井が、俺の両腕の手首を掴《つか》んで逃げられない状態で向かい合ってくる。

「今日見て思ったんだけど、名雲くんと紡希ちゃんには仲良しでいてほしいんだよね。だからほら、もう名雲くんが勝手に誤解して自爆して、紡希ちゃんと仲が悪くなっちゃわないように。練習用の彼女になっちゃうのもいいかなって思うんだ」

高良井は、すっと俺の右隣に移動すると、俺の右手に重ねるように左手を被《かぶ》せてきた。

「まずは手からね。少しずつ慣れてこ。彼女トレーニングだよ」

ひんやりした高良井の手が、俺の手のひらに吸い付いてくる。

肌同士が密接に触れ合い、まるで高良井と体温を交換するような気分になっていた。

恋人でもないのに、恋人繋《つな》ぎをしている。

まずは手から、と高良井は言ったが……段階が進んだら、いったいどことどこを密着させることになるんだ？

「こうやってくっついてれば、そのうち慣れるでしょ。今は私の手のひらだけが名雲くんの恋人だけどねー」

高良井はまったく嫌そうにすることなく、クラスでもそう見せることのない笑みを浮かべていた。

高良井にされるがままになり、気づいたら駅にたどり着いていた。

住宅街とは違い、人気《ひとけ》が増えたことで、こちらに多くの視線が向かっているような気がした。単なる俺の自意識過剰かもしれないけれど。

「じゃーね、名雲くん。また明日」

軽やかに身を翻《ひるがえ》し、改札へ向かう高良井の手が離れ、その手は俺に向かって振られるものになる。

「お、おう……」

最後まで正気を取り戻せなかった俺は、ぼんやりと高良井に向けて手を振る。

もう夏が近づいているというのに、高良井から離れた俺の手のひらはやたらとひんやりしているように思えた。

■第二章【新日常】

◆1【俺はチョロくない。本当に本当だ】

俺は安い男ではない。

高良井とちょっと肌が触れ合おうが、それだけで魂を売り渡すようなことはしない。

紡希を理解する橋渡しをしてくれたことには感謝しているけれど、それだけだ。

休日明けに登校しようとも、教室で高良井と親しげにする気はなかった。

俺が学校生活に求めているのは、平穏である。

高良井を狙う男子は依然として多い。中には、クラスで目立つタイプのヤツだっているだろう。俺みたいな勉強ばかりしている地味が高良井と関わろうものなら、『なんだアイツ』と思われて面倒に巻き込まれるかもしれない。そんなリスクを冒す気になれなかった。

その辺のことは高良井にも説明していた。俺より少し遅れて教室に現れた高良井は、真っ先にこちらに寄ってくるようなことはなかった。

そんな硬派なはずの俺なのだが、この日は以前より高良井の動向を気にしてしまっていた。

いつもどおり机に広げている問題集の文面が頭に入らないくらいに。

高良井は、教室に併設されたベランダにいて、仲良しの桜咲《おうさき》たち女子グループで楽しそうに話していた。

教室とは区切られた向こう側の世界であるベランダにいて、晴天の朝の日差しを浴びて神々《こうごう》しく光る高良井を見ていると、どうしても身近な存在には思えず、昨日のことが夢なんじゃないかと思えてくる。

俺はなんとなく、右の手のひらに視線を落としてしまう。

一晩経《た》っているというのに、未《いま》だに感触が消えていない気がする。

ベランダに視線を戻すと、絶対的な隔たりに守られているようだった高良井の感触が蘇《よみがえ》ってきて、遠い存在ではないように錯覚してしまった。

なんだろう、この、『俺は高良井結愛《ゆあ》と肌の触れ合いをした』みたいなノリで得意になってしまっている感じは……。

そんなつもりはないはずなのに。

だってそれ、とんでもなく恥ずかしいことだろ。

単に手を繋いだってだけなのに、それだけでイキり散らすなんてお笑いもいいところだ。

高良井が親切にしてくれたのは、紡希を含めた名雲《なぐも》家のためであって、俺個人のためじゃない。

勘違いは恥ずかしいからな。高良井としてはたいした意味なんてないのだ。気にし過ぎはいけない。

気合を入れ直し、周囲の声をシャットアウトする勢いで問題集に意識を集中し、どうにか脳とペンを動かそうとするのだが、右手が目に入ってしまうとどうしても集中が途切れてしまうのだった。

★

昼休みになる。

人気《ひとけ》のない非常階段前まで来るのも以前と変わらない習慣だった。

俺はいつものように弁当を広げようとするのだが。

上の方から、靴の底と鉄の階段がぶつかり合う乾いた音が次第に近づいてくる。

こんな場所へやって来る物好きは決まっている。

「また来たのか」

「そりゃ来るでしょ。今日だって呼び出されそうになっちゃったんだから」

またも面倒に巻き込まれた結果だというのに、高良井《たからい》の声は弾んでいて、俺の隣に腰掛けた。

グラウンドがそばにあり、日光が当たりにくいじめじめした環境だからか湿っぽい匂いがしていたこの場所が、一気に爽やかな匂いに包まれる。

そっけない態度を取った俺だが、高良井が隣にやってきたことで、教室にいた時と違って気分が高揚しているのを感じてしまった。

なんだこれは……。どうして高良井が来たくらいで俺はテンションが上がってるんだ。

ようやく他人行儀な硬さが取れた紡希と一緒の時だって、こんな気分になったことはないのに……これじゃ紡希より高良井を上だと感じているようなものだ。紡希に失礼すぎる。

「告白が終わらない限り、私はここに来なきゃいけないんだよ」

「じゃあ俺の平穏なランチライムは完全に消滅したってことか」

「卒業するまで名雲くんと二人きりの時間があるってことだね」

嫌そうにするでもなく、高良井が微笑《ほほえ》む。

「ていうか、名雲くんがいるってだけで毎日でも来ちゃうんですけど」

「ああ、そう……」

俺は何も言えなくなった。

以前ほど高良井を突っぱねる気持ちがなくなっているのは、紡希のことで世話になったからだろう。高良井を好きとかそういうことではない。

「それに、教室ではこういうことできないもんね」

すると高良井は、昔からそうする習慣があったみたいに自然に俺の左手に触れてくる。

相変わらず慣れない感覚だった。

それでも、昨日の夜の感覚が蘇ってきて、高良井と帰り道で話したことは夢ではなかったのだと実感できる。

さっと手を引いて逃れたくなるが、それだと露骨に恥ずかしがっているのがバレる。俺は積極的に高良井からいじられるつもりはない。

「名雲くんの女子慣れのために協力してあげなきゃ」

「それ……あの場限りの冗談じゃなかったのか」

「冗談じゃあああいうこと言わないよー」

むしろ、冗談で済ませてくれた方がずっと理解しやすい行動なのだが。

未だに俺は、高良井の本心がどこにあるのかよくわかっていなかった。

「他の方法とか、ないのか？」

誰も見ていないとはいえ、流石《さすが》に恥ずかしい。

「これがベストだと思うけどなー」

やたらと楽しそうな調子で、高良井が言う。

「紡希ちゃんのこともっとわかってあげたいんでしょ？」

高良井は、伏せた俺の顔をのぞきこむようにしてくる。

紡希のため、というワードを出されると、俺は弱い。

俺と紡希の関係性は未だに盤石とはいえず、今後俺の不注意で紡希を傷つけてしまう可能性はある。

高良井の提案に効果があるのかどうかわからなくてもやり遂げるしかない。

たぶん、これは俺にとっての『祈り』なのだ。

理屈ではなく、これさえしておけば紡希とこじれてもどうにかなる、という安心と保証がほしいのである。

「あ、そうだ、これ」

高良井がスカートのポケットから出したのは、いつぞや俺が貸したハンカチだった。

「ちゃんと洗っといたから」

「わざわざ悪いな」

「名雲くんから貸してもらった大事なものだもん」

俺の左手を制圧している高良井の指先が、俺の手のひらまで伸びてくる。

「あの時は、助けてくれてありがとう」

しっぽを振る飼い犬みたいな無防備な笑みを浮かべる高良井が、俺のブレザーのポケットにハンカチを押し込んでくる。

「そんな大げさなことでもないだろ」

紡希《つむぎ》のために泣いてくれた高良井だから、咄嗟《とっさ》に貸してしまっただけだ。感謝されるようなことなんて何もしていない。

「他に誰もいない場所で、目の前でクラスメートがぼろぼろ泣いてたら誰だってああするだろうし」

たいして親しくもない男子からハンカチを渡されたあと、どんな反応をするかは別として。

少なくとも、あの場面では高良井は受け入れてくれた。

おかげで、高良井に対する信頼は上がったわけだけれど。

「そうかなー。名雲くんだけだと思うんだけどなー」

高良井はニコニコしたまま、握ったままの俺の左手に指先でアクセントを加えてくる。ただ指先で触れられているだけなのに、全身に触れられているような恥ずかしさがあった。

そのくせ、それがまったく嫌ではないのが、俺からすれば厄介極まりない。

マズい。このままでは本格的に高良井に取り込まれてしまう。

俺が高良井に夢中になってしまったら、紡希を気にかける人間がいなくなる。

それだけは避けなければいけない。

「……手は、もういいだろ？　昼飯が食えない」

恥ずかしさ半分でそう言うと、高良井は俺の左手を自由にしてくれた。

やれやれと思いながら、二段構成になっている弁当箱を開けていると、高良井の視線がこちらの手元に集中しているのがわかってしまった。

「……なんだ？」

箸をおかずに伸ばしながら、俺は訊《たず》ねる。

「それ、名雲くんの手作り？」

「まあな。家事は一通りできるから、俺の分の弁当は毎日自分で用意してる」

高良井ほどの腕前じゃないけどな、とは言わなかった。調子に乗りそうだったから。

「冷食を使う時もあるが……今日のは違うな」

「いいなぁ」

「じゃあ早く教室へ戻れ。お前にも昼食が待ってるだろう」

「そういえば私、名雲くんソロのごはんまだ食べたことないんだよねー」

嫌な予感がする……。

「……今度、家に来たらつくってやる」

「今しかないんだけど、今しかないんだけど？」

何故《なぜ》か切羽詰まった物言いで身を乗り出してくる高良井は、俺が箸で摑《つか》んだ玉子焼きを見つめる。

「いいなー」

これ、くれ、って意味だよな……？

「……悪いが、今、ここに箸は一つしかない」

「うわ、名雲くん、もしかして間接とか気にしてんすか」

マジで草、とか言いそうな勢いで煽《あお》ってくる。

だが、その程度では長年の陰キャ生活で培《つちか》った永久凍土の氷の心は溶けやしない。

隣のアマチュア托鉢《たくはつ》僧に構わず箸を動かそうとするのだが。

「そういうの、めっちゃ可愛《かわい》いんだけど！」

ペットショップで無害そうな小さな獣を見かけたような勢いで、高良井はくねくねしながら興奮気味に俺の頬に指を突き刺してくる。

「高校生でそれ！　そういうの小学生までだよ！　回し飲みする時どうするの？」

そもそも回し飲みする友達がいねえ。ていうか、そんな不衛生なこと、するか。

俺は恥ずかしかった。小学生だなんだと煽られて恥ずかしいにもほどがあった。

だが、なによりも恥ずかしかったのは、俺の中に生まれていたのが怒りではなく、喜び
……いや、悦《よろこ》びだったことだ。

なんか、嫌じゃなかった。

異論はあるだろうが、俺は、高良井から言われた『可愛い』をポジティブに解釈していたのだ。

これもまた異性に耐性がないせいである。

こんなマゾヒスティックな恥辱を味わうくらいなら……間接だろうが直接だろうが、食わせてさっさと退場させた方がずっとマシだ。

「……ほら、さっさとどれでも食って教室へ戻れ」

「ん」

なんとまあ。高良井はどこまでも厚かましいらしく、小さく口を開けて身を乗り出してくる。

食わせろや、という意味合いなのだろうが……目を閉じる必要はありますか？

「あ、舌伸ばした方が食べさせやすい？」

真っピンクな高良井の舌はちょろりと伸びる。俺はそれだけでドキドキした。普通にしていたら見ることのできない、美少女高良井の内部に収納されている器官だからだ。

「もう余計なことするな。ちゃんと食わせてやるから」

どこまでも厄介な高良井のために、俺は半分に崩した玉子焼きを箸で摘《つま》んで口元へ持っていってやる。

高良井は食いつく勢いで俺の箸をくわえ、玉子焼きを咀嚼《そしゃく》する。

「うほ……うんまぁ……」

赤くなった両頬に手を当てる高良井。

メシ食ってるだけなのに恍惚《こうこつ》の表情ってどういうことよ。

素直に褒めてるって受け取れないんだが。

「食ったな。じゃあもうほら、戻れ」

「待って～。ちゃんとごっくんするとこまで見てて」

「……それ、性癖か？」

なんで高良井《たからい》の疑似なんちゃらプレイに付き合わないといかんのよ。

俺をガン無視する高良井は、飲み込む仕草をすると指先を喉元に当てて、嚥下《えんか》に合わせるように指先を胸元へと移動する。

「ほら見て。ぜんぶ飲んだよ？」

「口開くな。行儀悪いな……」

「なーんだ。褒めてくれると思ったのに」

「高良井さんが俺をどう見てるのか、もう本気でわからん」

「あーあ、おいしかった&楽しかった。じゃね、名雲《なぐも》くん。また午後の授業でね」

「お前は人生楽しそうだなぁ」

スカートを翻《ひるがえ》して階段を上がっていく高良井は、俺にはもう制御不能ノーリミットな存在だった。

「名雲く～ん」

「まだなんかあるのか？」

階段の手すりから身を乗り出した高良井がこちらを見下ろしていた。

「ちゃんとお箸使ってねー。私のこと捨てないでねー」

「重いなぁ……」

唾液が付着した箸を自分自身と同一視させるとは。もうこの際諦めて箸使うつもりだったけどさ、余計意識しちゃうでしょうが。

そして、高良井が去ったあと、静かな昼休みが訪れるのだが。

「何故だ……嫌じゃない」

あれだけのうざ絡《がら》みをされようとも、俺は満たされた気分でいた。

ちなみに弁当は無事完食した。箸だってちゃんと使ったさ。

メシを食うだけでこれほどドキドキさせられるのは初めてで、ひょっとしたら俺は新たな性癖に目覚めているのではと思うと、ちょっと震えた。

◆2【俺の義妹が朝から可愛すぎる】

朝。俺はいつものように、門の前に自転車を待機させていた。

これから紡希を駅まで送るつもりだった。

学区外の中学に電車で通う紡希の負担を少しでも減らすようにするためだ。

紡希は、名雲家の人間になるにあたって、元々通っていた中学校から転校する必要があったのだが、馴染《なじ》んだ友達から引き離すようなことはするべきじゃない、と親父《おやじ》が判断したため、元の中学に通い続ける許可を特別に取り付けてもらっていたのだった。

だが、肝心の紡希は準備に時間が掛かっているようだ。

元々紡希は朝に弱いところがあるからな。

「紡希、そろそろ出ないと電車に乗り遅れるぞ」

玄関から二階へ向けて、俺は声を掛ける。

「シンにぃ待ってー」

ドタバタと慌ててやってくる紡希は、制服のリボンタイは曲がっているわ、ソックスは足首の位置で丸まっているわであられもない状態だった。

「お前、本当に朝に弱いな……ほら、そこに座れ」

俺は紡希の制服を直すために、階段に座らせる。

足首で輪になっているソックスを戻してやろうとするのだが。

「うひゃっ」

「おい、じっとしてろ」

「うひゃひゃ」

紡希はくすぐったいらしく、俺が触れるたびに足を引っ込めてしまう。

「……そっちはもう自分でやれよな」

遅刻へのカウントダウンが始まる中、のんびりしているヒマはないので、俺は身を乗り出してリボンタイの方へ手を向ける。

「えー、シンにぃ、最後までやってよぉ」

「くすぐったがるだろ」

「じゃあ、わたしとシンにぃで同じとこ持って、せーの、で引っ張ろ?」

「ただ靴下直すだけなのに大事になってきたな」

まあどんなかたちであれ、紡希《つむぎ》との共同作業は悪くないかもな、と考えた俺は彼女の案に乗ることにした。

こうして紡希の方から積極的に交流を図ってくれることは、とてもいいことだし。

高良井のおかげで、紡希も以前より表情が柔らかくなった気がする。

おかげで俺も、ずっと自然に紡希に接することができるようになっていた。

俺と紡希はソックスの同じ部分を摘むと、紡希の、せーの、の声と同時に引っ張り上げようとする。

無事、ソックスは元通りになったのだが、紡希の姿勢が少々問題だった。

引っ張り上げた勢いで脚を屈《かが》めたせいで、スカートの大部分がまくれ上がって腿《もも》の裏が露出してしまっていた。

元々肌は白い紡希だが、普段はスカートに隠れていて日光の影響を受けないその場所は、いっそう白くなって見える。

マズいこりゃさっさと直さないと……、という意味で見ていたのだが、紡希は俺の視線に別の解釈をしていたようだ。

「シンにぃってば、結愛《ゆあ》さんがいるのに見境ないんだから」

「いや見てないって」

ここでいとこの腿に欲情した変態と勘違いされたら、改善されたばかりの紡希との関係性も暗黒時代に逆戻りするかもしれないので俺は必死だった。

だからこそ、『俺と高良井結愛が付き合っている設定』に対して本当のことも言えないわけで。

「べつに見てもいいんだけどなー」

特に強い非難を浴びそうにないくらい紡希の表情は穏やかなままだった。

「だってシンにぃだし」

それは、『俺を人間の男として認識していないから恥ずかしくもない』という意味なのか、それとも逆に俺を信頼しているからこその発言なのか、どちらかわからなかった。

「いくら俺でも紡希のパンツまで見たいとは思ってないぞ」

俺からすれば紡希なんぞはまだまだ子どもなんだからな。

「えっ……見たくないの……？」

紡希の顔が絶望に包まれた気がした。

「……いや、見たいといえば、見たい」

紡希の機嫌取りのためとはいえ俺は何を言っているんだ。

「よかったー」

一体何がどうよかったなのか、紡希の真意が俺にはわからなかった。

これ、俺が異性に耐性がないだけの問題か？

「でも短パン穿《は》いちゃってるからシンにぃの見たいのは見れないもんね」

立ち上がった紡希は、穿いてるよアピールをするためかガッツリとスカートを自らめくりあげようとする。

はしたないなぁ、と思いながら、短パン穿いてるならまあいいだろ、と俺は視線を紡希の股から離さないでいたのだが。

「あれっ」

紡希の顔が、ぽっと赤くなる。

紡希の下半身には、短パンなんぞ存在せず、真っ白な下着が我が物顔で居座っていた。

「穿き忘れた〜」

ドタドタと猛スピードで階段を駆け上がる紡希。

ギリギリに起きてくるから肝心なものを忘れるのだ。

まあ学校に行ってから気づくんじゃなくてよかったけどな。

仮に紡希のパンツを目撃する不届き者がいたとしたら、俺はそいつの記憶を抹消しないといけなくなるから……。

◆3【ギャルと掃除】

日曜日の午後のことだった。

昼過ぎを迎える頃、高良井が我が家にやってきた。

高良井は俺の彼女のフリをしてくれているが、本業はあくまで紡希の友達だ。

紡希と一緒に部屋に直行するものと思っていたのだが。

「やらないといけないことがあるんだよ」

高良井は、玄関にどさっとカバンを置く。

登山にでも使いそうな大きなリュックだった。

「この前、ここのキッチンに立った時に気づいちゃったんだよね」

「何に？」

「名雲《なぐも》くん、掃除苦手でしょ？」

「ぐぬ……一応、やってはいるんだけどな？」

トイレを始めとした水回りや往来の激しいリビングのカーペットなど、最低限の掃除はしているつもりなのだが、やはり一人で家事をするとなると時間は限られているので、どうしても手が回らない部分があった。

「責める気はなくてー、せっかく私がいるんだし、手伝ってあげちゃおうかなって思って」

高良井《たからい》が床に置いたリュックの中には、俺にはよくわからない掃除道具が詰まっていた。

「秘密兵器、あるぜ？　どうよ？　今なら私の体をタダで使えるんだよ？」

充実の掃除道具を見せつけドヤ顔をするギャル。前代未聞《ぜんだいみもん》だ。

「でも、お客に掃除させるのは」

「気にしないでよ。好きでやりたいだけだし」

「ねー、シンにぃ。一緒にやろうよ。みんなでお掃除も楽しいよ」

紡希は乗り気だった。

こうなると俺は、高良井を突っぱねるわけにはいかなくなる。

「わかったよ。いい機会だし。わざわざありがとうな」

「素直じゃないけど素直にお礼言えるのは名雲くんのいいところだよね」

そんなわけで、自分の体（労働力）をタダで売る尻軽ムーブをしてきた高良井の意向で、急遽《きゅうきょ》我が家の掃除が始まるのだった。

★

怒濤《どとう》の掃除を終えた時には、夕方になっていた。

俺は、夕日の差すリビングにあるソファに深く腰を掛ける。

久々にガチの掃除をしたせいかやたらと疲れてしまった。

「名雲くん、おつかれー」

俺の前に、カップに入ったココアを持ってきてくれる高良井。

誰よりも働いていたというのに、誰よりも元気だった。

「高良井は……元気だなぁ」

「これも若さっすわ」

汗一つかかずににっこりする姿を前にすると、俺の方がずっと年寄りな気がしてしまう。

「そだ。疲れてるなら、よかったら揉《も》んじゃうよ？」

高良井が両手をわしゃわしゃ動かす。肩もみするってこと？

高良井レベルの女子に体を揉まれたら、たとえセンシティブな部位ではなかろうがどうにかなってしまうことは必定なので、もちろん俺は断る気でいたのだが。

「これもサービスだよ、遠慮しなくていいから」

軽い身のこなしで俺の背後に回り込み、ソファの背もたれ越しに肩を揉んでくる。

絶妙な力加減のおかげで、肩の疲れはすぐに消えていくのだが。

「……手慣れすぎててなんか怖い」

「変な想像すんなやー」

俺の左肩に両手を重ね、どこぞの古武術みたいな技をかけてきたせいで激痛が走り、俺は恥も外聞もなくギブアップを叫ぶ。

「……こんな技、親父《おやじ》にもかけられたことないのに」

「どんなお父さんよ」

不思議そうに首を傾《かし》げる高良井は、流石《さすが》に悪いと思ったのか、痛む箇所をさすってくれた。

「あっ、シンにぃが王様になってる」

リビングにやってきた紡希《つむぎ》が俺を見つける。

「わたしもやる」

紡希はすかさず俺の足元にやってくると、俺のふくらはぎを揉み始めた。

「おー、やっぱ紡希に揉んでもらうのが一番気持ちいいわー」

「名雲くんさー、シスコン通り越して孫を可愛《かわい》がるおじいちゃんみたくなってない？」

至福の瞬間に浸る俺は、確かに大往生間近のおじいちゃんであった。

「ついでに名雲くんの部屋も掃除しといたから」

高良井のそんな一言で、天に昇りかけていた俺の意識も急転直下で地へ向かう。

なんだと？

俺は高良井と紡希を置いて、二階にある自室へ駆け込む。

マズい。俺の部屋には、他人には絶対見せたくないものが隠してあるのだ。

自室に飛び込むと、俺の机の上に、懸念《けねん》の冊子が整頓された状態で積まれていた。

「ヴァー！　やっぱり！」

ベッドの下に隠しておいたのに！

「なんだよ、おかんみたいなことしゃがって……！」

「あれ？　なんかやっちゃった？」

頽《くずお》れる俺の背後から、なろう系主人公みたいなことを言いながら高良井がひょいと顔を出す。

「その表紙になってるの、みんな同じ人だよね。ファンなの？」

「……いや、まあファンっていうか」

見られてしまったものはしょうがない。

我が家に出入りするのなら、いずれはバレていた可能性が高いのだ。この際、話してしまえ。

「これ、俺の親父だから……家族としては一応、保管しておかなきゃなって」

「マジで！　名雲くんのお父さんって有名人なんだね」

高良井は、瞳を輝かせながら、机に積まれた一冊を手に取る。

その雑誌には、黒いショートタイツ一枚で筋骨隆々な長身の男が、高々とチャンピオンベルトを掲げる姿が載っていた。

俺は地味で陰キャな公称『ひょろひょろ』だが、俺の親父は豪快で陽キャでガチムチなプロレスの世界王者だった。

俺からすれば単なる豪快なおっさんなのだが、国外の興行や団体にゲスト参加することもあって、海外でスーパースター扱いをされていると知った時は、いったい何の冗談かと疑ったくらいだ。

何かと家を空けがちなのは、そんな仕事をしているせいだ。車で全国各地を転戦する都合上、たまにしか家に帰って来られない。

「でも、なんでベッドの下に隠してたの？」

隠してた、ってわかっていたのなら、どうしてわざわざ引っ張り出すようなマネをしたのだろう？

「いや、自分の親父が載った雑誌を大事に保管してるなんてなんかキモいだろ」

高校生男子に許される行いじゃない。

「キモくないよー。いいじゃん、お父さんのこと大事にしてるってことでしょ？」

パラパラと雑誌をめくりながら、高良井が言う。

「そういうの、うらやましいなー」

「高良井さんのところは」

「えっ？　や、うちのお父さんは有名人とかじゃないから！」

妙に慌てて高良井が手を振った。

まあ、高校生なのに一人暮らしをしているからって邪推するのはよくないよな。

「シンにぃは、弘樹《ひろき》おじさんに見つかりたくないからこそ隠してたんだよね」

すっ、と紡希がやってきて言った。

「弘樹おじさん、シンにぃが自分のファンだって知ったら絶対大喜びするもん」

想像に難《かた》くなかった。

「そういうの、思春期男子的には鬱陶しいからなー」

「シンにぃが筋トレ始めただけで、『おめぇ、ついに目指す気になったか！　親子対決はオレの夢だからよぉ、その気になってくれて嬉《うれ》しいぜー』って大はしゃぎだったもんね」

「自分の夢に息子を巻き込まないでほしいよな」

「でもシンにぃは毎日頑張ってるでしょ？」

「結果は出てないけどな……」

俺が筋トレを始めたのは、親父の夢に付き合うためではなく紡希のためだ。

家族を守れるように、という大物芸人みたいな理由でトレーニングを始めたものの……

俺の体に変化は現れていない。

「名雲くん、筋トレしてるんだ？　私もだよ」

「えっ？　高良井さん、女子プロレスラー志望なの？」

「違うってば。いったんプロレスから離れてよ」

「結愛《ゆあ》さんがすっごいスタイルがいいのって、努力のおかげなんだね」

紡希が、高良井のスラッとした腕にぺたぺた触れる。

「まー、別にジム行ったりしてるわけじゃないから、家でちょこちょこやってるだけなんだけど」

照れくさそうにする高良井。

俺は少し、高良井への見方が変わっていた。

生まれながらにして容姿に恵まれ、あぐらをかいているだけの存在と思っていたけれど、高良井の見た目は努力によってつくられた部分もあるのだ。

「触ってみるー？　ちょっとは割れてるんだよ？」

「えっ、本当に？」

高良井すげぇ、って気持ちでいっぱいだった俺は、深く考えもせずに高良井の腹部へ手を伸ばす。

これは……決してバキバキではなく、お腹《なか》が凹《へこ》んで綺麗《きれい》に見える程度の絶妙な割れ方……などと評論家ぶって服の上から触っていると。

「つ、紡希ちゃんに言ったんだけどなぁ……」

頬に朱が差した高良井《たからい》が、俺から視線を外しながら言った。

「あっ、悪い！」

俺は、セクハラを働いてしまった気になって即座に手を離す。

「いや、私もまぎらわしいこと言っちゃったから」

高良井は、俺を責めることはなかったのだが。

「代わりに、名雲《なぐも》くんのも触らせてよ」

逆にセクハラを提案してくる。

もちろん、いくら恥ずかしかろうが断ることなんてできるはずもなく。

「おっ、割れてるじゃん」

高良井に腹部を触られると、全身から力が抜けそうだった。だって高良井のヤツ、下腹部に近い位置まで指を走らせやがるから。

「痩せてて脂肪が少ないから腹筋が浮いてるだけだ。腹筋は元々誰だって割れてるものなんだぞ」

俺は、ガリガリなのを細マッチョという言葉でごまかしたくはない。本当の細マッチョの方に失礼だから。

「お互い、がんばろうね」

こうして俺たちは、互いの腹筋を知る仲になってしまったのだった。

「名雲くんのお父さん、一度会ってみたいなー」

「会ったところで、暑苦しさに鬱陶しくなるだけだぞ？」

「それでも、だよ」

高良井が微笑《ほほえ》む。

「だって、名雲くんのお父さんだから」

そうまで会いたいものか？

◆4【スマホを買いに行くだけだったのに】

紡希のスマホの調子がおかしいらしい。

スマホは、毎日電車通学をする紡希の連絡手段としてとても大事なものだ。不調のまま放置して事件に巻き込まれでもしたら目も当てられない。

土曜日、俺は紡希を連れて、街のキャリアショップに向かうことにしたのだが。

どういうわけか、高良井までついてきた。

「紡希ちゃん、いっそ機種変しちゃえば？」

金の掛かりそうな、余計な提案をしてくる。

「じゃあ、結愛さんと同じのにする」

「こら紡希。高良井さんに騙《だま》されるんじゃない。機種変したら俺とお揃《そろ》いじゃなくなっちゃうだろ」

「でも、シンにぃと同じ色だとぜんぜん可愛くないんだもん」

紡希が不満そうにする。

確かに、俺のと同じ灰色の格安携帯は、女の子からしたら面白みに欠けるデザインだろうけどさ。

俺は親父《おやじ》から家計を任されていて、親父には稼ぎがあるから高級機種を買うくらい何でもないのだが、紡希に無駄に贅沢《ぜいたく》を覚えさせてはいけないという意味でも、不必要に高価なものの購入は避けるようにしていた。

ただ、コミュニケーションツールとして死んでいる俺のスマホと違って、紡希のスマホは友達と触れ合うための大事な道具だろうから、紡希と俺とではスマホに対する価値観は違いそうだ。だからといって高級機種を買う気はないけれど。

「ていうか、高良井さんは一人暮らしなのに、よくそんな高いスマホを買う余裕があるな」

高良井はリア充ギャルだから、出ていく金も多いだろうに。

「よほどわりのいいバイトを……」

「また変な想像してる？」

「そんな格好してるから言われるんだぞ」

「えー？　そんなヘンなカッコしてる？」

高良井はそう言うのだが、俺は目のやり場に困っていた。

この日の高良井は私服だった。

栗色《くりいろ》の長い髪はそのままに、赤を貴重としたシャツの下は胸元の盛り上がりと躍動がはっきりわかりそうな黒いTシャツで、デニムのショートパンツにはなかなかエグい位置でダメージ調の切れ目が入っている挑発的なスタイルだった。

こいつは、人の目を気にしないのだろうか？　季節的に夏に近づいていることもあって、この日はかなり気温が高いとはいえ、肌、出し過ぎじゃない？　ここは海じゃないんだぞ。

あと、ぷりぷりの尻のせいでケツポケットからスマホが飛び出そうで心配なんだけど、危機管理能力低すぎない？　おかげでこっちは高良井の尻ばかり気にしちゃってるんですが。どう責任取ってくれるんだよ。

「もしかして名雲くん、私の私服見てドッキドキなんじゃないの？」

視線を読まれたらしい。煽《あお》ってきやがる。

「名雲くんも、肌が出てるとこ多くなると私に興味持ってくれるんだね」

悪巧みをするキツネみたいな顔でニヤニヤし始める高良井。

「なに勘違いしてるんだ。俺が興味津々《きょうみしんしん》なのは紡希《つむぎ》だけ。高良井さんがストリーキングを始めようが、俺は紡希しか見てないから」

近くにいた紡希の肩を、すがりつくようにがっしり摑《つか》む。

紡希は、清楚《せいそ》を象徴するような白いワンピース姿だった。中学生にしては幼いような気はするものの、こういうのでいいんだよ。なんなら麦わら帽子被《かぶ》せて田舎《いなか》のバス停留所で待機してもらったっていいんだが？

「じゃあさ、名雲くん、今度はプール行こ。この近くにいい場所あるの知ってるから」

「なんで水に浸《つ》かるだけで金を取られるところにわざわざ行かないといけないんだ？」

「私が肌出してても、名雲くんは気にしないんでしょ？　それを証明するために」

「お前、どれだけ俺に裸体を見せたいの。変態すぎるだろ」

「わー辛辣ぅ。名雲くんのそういうとこ、クラスメートじゃ私しか知らないよね」

何故《なぜ》か嬉しそうにする高良井。俺の珍しいとこなんて貴重でもなんでもないだろ。需要がないだけなんだよ。

モテギャル高良井とは、最近では普通に会話できるようになっていた。

これは別に俺のコミュニケーション能力が高まっていたり、異性に慣れたりしたから、というわけではないのだろう。

高良井自身の能力だ。

俺みたいなヤツが相手でも、話しやすい雰囲気をつくれるからだ。

グイグイ来るようでいて、俺が不快になるラインを踏み越えてくることはないし、俺が話をすれば、興味深そうにしっかりこちらを見つめて聞いてくれる。自分の話を優先させて遮ってくるようなこともない。

きっとそれが、コミュニケーション能力というヤツなのだろう。

だからこそ俺は、高良井とプールになんて行きたくなかった。

このままだと、高良井の居心地の良さに引っ張られて、どんどん高良井のことばかり考えるようになってしまうかもしれないから。

そうなったら、紡希よりも高良井を優先するような事態が生まれないとも限らない。

俺の想像よりは精神的に強かった紡希だけれど、今はまだ、紡希のことを気にかけていてやりたかった。

「だいたい俺には、プールに無駄遣いするような金はなくて――」

「結愛さんとプール！」

俺を遮るように歓喜の声を上げたのは、紡希だった。

「結愛さんの水着。結愛さんと泳ぐ。そして帰りに結愛さんと一緒にシャワー浴びるの」

「紡希、欲望に忠実すぎない？」

いつの間にか中身が転生したおっさんと入れ替わっているのでは、と軽い不安に駆られる。

「ねー。今度行こ。楽しみだね」

高良井は、さっさと紡希と指切りしてしまった。

「俺の意思は？」

「シンにぃ、一緒に来てくれるでしょ？」

紡希が、俺の手を握りながらこちらを見上げてくる。

プールに行くということは、紡希もまた水着になるということ。

防御力が最低レベルまで低下した紡希を守れる誰かが必要だ。

「もちろんだとも」

そんなの、俺以外にいない。

「ありがと、シンにぃ」

俺の腕を抱えたのは、紡希ではなく高良井だった。

声を聞かずとも、顔を見ずとも、腕に当たった胸の感触だけでわかった。

いくら高良井に胸を寄せられようが、紡希を騙《かた》る不届き者を相手に涼しい顔をするほど俺は甘くはない。

『紡希を騙るな……処すぞ』

と、心の中ではイキってみたものの。

「お前、やめ、やめろ。それやめろよな……」

実際は舌が回らないほど動揺を露呈してしまっていた。

やたらいい匂いをさせながら胸の感触を味わわせられても平気でいられるようなら、俺は交際経験が皆無でも平気で非童貞を主張するよ。それを恥じることもない。

「なんで？　単なるスキンシップでしょ」

高良井からすれば軽いコミュニケーションのつもりでも、俺からすれば女子と体を密着させてる時点で準性行為に該当するんだからな。そういう認識のズレが犯罪に繫《つな》がる可能性があるんだから、もっと警戒しろ。ていうかお前、おっぱい押し付けておいてコミュニケーション扱いとか、正気か。

「わたしもシンにぃとスキンシップする～」

反対方向から紡希が攻めてくる。

高良井《たからい》とは違う、ささやかな感触だ。紡希と比べると、高良井の感触は下品だとすら感じてしまう。

「紡希、好きなスマホをなんだって買ってあげるからな」

俺はすっかり心が浄化されて、何でもしてしまうモードに入っていた。

「名雲《なぐも》くんが妹に体で籠絡《ろうらく》されてる……」

人聞きの悪い事言うよな。人肌と触れ合うことで理解できることだってあるんだよ。

こうして俺は、美女&美少女を両腕にくっつけたまま、キャリアショップまで向かうことになるのだった。

★

結局、紡希のスマホは、修理ではなく機種変することになった。

スマホのダメージは思ったより深刻らしく、買い換えた方が面倒が少なくて済んだ。

紡希のスマホは、小学生時代から使っているからもう三年以上は経《た》っているはずで、寿命といえば寿命だったのだろう。

問題は、母親である彩夏《あやか》さんがまだ生きていた頃から使っていたものだから、愛着のあるスマホなのではということなのだが。

「紡希、よかったのか?」

新しいスマホを購入したあとになって、俺はこそっと訊《たず》ねてみた。

「うん。いいの」

紡希は、猫耳を模したデザインのカバーに収まったスマホを掲げる。

「みんなで買った思い出のスマホだもん」

俺は、安堵《あんど》していた。

少しずつだけど、紡希は母親を失った悲しみを乗り越えつつあるのかもしれない。

こうして、紡希にいい思い出をたくさんつくってやれば、紡希から悲しみを遠ざけることができる。

それならこれからも、紡希と色んなところへどんどん出かけるべきなのだろう。

俺たちは、駅前の近くにある広場みたいな公園のベンチにいた。

ちょうど三人が腰掛けられるタイプで、紡希を挟み込むように俺と高良井が座っていた。

紡希は、両隣にいる俺と高良井とを交互に見ると。

「結愛《ゆあ》さんとシンにぃとで一緒の写真撮りたい」

どうやら、その写真をホーム画面の壁紙にしたいらしい。

「いいね、撮ろ撮ろ」

紡希の提案に、高良井も乗り気で自分のスマホを取り出すのだが、俺には納得行かないことがあった。

「紡希。『シンにぃと結愛さん』だろ？　順序が逆だ」

「細っ！　マジで細かいんですけど」

「細かくない。大事なことだ」

悪いが、ぽっと出の高良井なんぞに、俺の地位を奪われるわけにはいかない。

「二人とも、すぐケンカしちゃうよね」

くすくす笑う紡希が、スマホを掲げて自撮りの構えを取る。

「でもケンカするほど仲が良《い》いって言うし」

「言うねー」

「言うが、俺と高良井さんには当てはまらない」

高良井と俺の返事は対照的だ。それもそのはずで、高良井はあくまで紡希と仲が良いのだ。俺じゃない。

「じゃあシンにぃは、結愛さんと仲良くないの？」

紡希にそんな視線を向けられたら、話は別だ。

「……仲良しに決まっているだろうが」

紡希を悲しませてはならないと誓った俺が、紡希を悲しませるわけにはいかない。仲が良いフリくらいしてみせる。

「やばっ。名雲くんと仲良しなんてマジで嬉《うれ》しいんだけど」

高良井は口元を両手で押さえて目を潤ませるという嘘泣《うそな》きを始める。

こいつ……紡希の前なら俺が大人しくしてると思って……。

「二人とも、撮るよー」

紡希がスマホの位置を調整し始めたので、俺は見切れることがないように、紡希の方へ顔を寄せる。

反対側では高良井が、頬を紡希の頭に押し付けるくらい顔を寄せていた。

くそっ、負けてたまるか、と俺は、高良井に対抗する。

そんな、紡希を中心にした顔相撲をする中、紡希の手元でシャッター音が鳴った。

紡希は俺と高良井のスマホに向けて、画像を送ってくれる。

紡希が早速スマホの壁紙に設定したのを見て、せめてホーム画面だけは紡希とお揃《そろ》いにしようと意気込んだのだが、強い不安が脳裏をよぎった。

もちろん俺は、スマホを学校へ持っていっている。勉強ばかりしている俺だが、ふとした拍子にスマホをいじることもある。

その時、ばっちり高良井と一緒に映っている壁紙をクラスメートに見られたらどうなるだろう？

俺と高良井の関係性について強く疑われるはずだ。

面倒事を起こす火種になりうるこの画像……だが、紡希《つむぎ》と一緒に撮った画像を、ただ保存しているだけなのはとてももったいない気がする。

「……そうだ、トリミングで余計な部分を切れば」

「ちょっと、名雲くんもしかして私の存在消そうとしてない？」

俺の手元を覗《のぞ》き込む高良井が渋面をつくっていた。

「……でも、高良井さんだってその画像、どうせ壁紙にはしないんだろ？」

「えっ？　するよ？」

何言ってんの？　って顔をする。

「ていうかもう設定したし」

「ああ、とっくにトリミングで俺を――」

「してないってば」

「何を考えてる。クラスメートに見られたらどうなると思ってるんだ？」

人気者の高良井は常に人に囲まれているから、画面を見られるリスクは俺よりずっと高いはず。無防備すぎない？

「見られたら見られたで、別によくない？」

「危機意識低すぎだろ。俺と関わりあるって思われたらどうする」

「関わりあるんだから、いいでしょ。私、こそこそするの苦手なんだよね」

高良井は、後ろから抱きしめた紡希の頭に顎を乗せる。

「名雲くんってなんか卑屈だよねー。そんなに私と仲良くしてるって思われるの、いや？」

ジト目を向けてくる高良井。

逆だ。

別に俺は、高良井と仲良くしたくないだなんて思っていない。

俺の意思に関係なく、周りがそれを許さないだろうって警戒をしているだけだ。

もし俺が学校と無関係な暮らしをしていたとしたら、喜んで高良井と一緒の画像を壁紙にしてスマホを見せびらかしながら往来を出歩くだろうさ。

「ふーん。そ。私は、友達のお兄ちゃんのことも、ちゃんと大事に思ってるんだけどなー」

色々問題はあるが、高良井は紡希の友達で、紡希も高良井に懐《なつ》いている。邪険に扱いたいわけじゃない。だが、俺の意思にかかわらず表沙汰にするのが難しいことだってある。

「紡希ちゃんは、名雲くんと私ってどう見える？」

「お似合いの二人だと思うよ」

それ高良井に言わされてるんじゃねーの？　ってタイミングだったので穿《うが》った見方をしてしまうのだが、紡希の瞳を見ていると本心で言っているようだった。

「でもわたしもその中にちゃんと入れておいてね」

「紡希をトリミングで外すなんてありえない」

こちらに抱きついてくる紡希をしっかり受け止めて、俺は言った。

「じゃあ、結愛さんも仲間外れにしないであげて」

「えっ？　仲間外れ……？」

唐突な紡希の言葉に、戸惑ってしまう。

「だって、わたしとシンにぃは壁紙にしてるのに、結愛さんだけダメって変じゃない？」

不正を許さないまっすぐな紡希の瞳が、俺を映す。

「紡希ちゃんはいい子だねー」

その後ろでは、紡希の行いに感動しているらしい高良井がいた。

紡希からこう言われては、俺はもうこれ以上の悪あがきはできない。

「……クラスメートに見られないようにしてくれよ」

俺はとうとう白旗を上げた。

高良井はすっかりご機嫌で、スマホの画面を紡希に見せる。

「見て見て、紡希ちゃん。これでお揃いだね！」

「結愛さんと一緒でわたしも嬉しいよ」

こうして俺たち三人は、同じ画像を壁紙にするのだった。

この先、俺は学校でビクビクしながら高良井の動向に注視することになりそうだ。

帰宅後、寝る前の自室でスマホを開く。

陰キャと義妹とギャルという、まずもって交わりそうもない三人が写り込んだ画像は、思いの外キラキラ輝いて見えた。

「これはこれで案外悪くないかもなぁ……」

思わず俺は、そう呟《つぶや》いてしまうのだった。

◆5【左右を脚に囲まれる】

この日も、高良井《たからい》が家に来ていた。

「あれ？」

玄関に上がった高良井が天井に目を向ける。

「名雲《なぐも》くん、ここ電球切れかかってない？」

「キレちゃいないよ」

「いや、ほら」

「あっ、マジだ」

高良井から改めて指摘されると、確かに廊下を照らす蛍光灯が時折チカチカと怪しげな明滅を繰り返す時がある。

「俺が替えとくから、高良井さんは紡希と遊んでていいぞ」

俺は予備の蛍光灯を持ってくるべく物置へ向かう。

高良井までついてきた。

「私も手伝うよ。名雲くん一人じゃ届かなくない？」

「脚立《きゃたつ》があるから平気だ」

まあ親切心はありがたいけど、と思いながら物置にしている空き部屋に脚立を探しに行くも見当たらない。

「しまった。親父《おやじ》が持っていってそれっきりだったんだ……」

すっかり忘れていた。

「お父さんが脚立を？」

首を傾《かし》げる高良井のために、俺はこう説明した。

俺の親父がプロレスラーだってことはもう言ったよな？　親父は契約の都合上、メインで試合してる団体以外でも試合をすることがあるんだが、以前インディーの団体で脚立を凶器＆道具として使えるラダーマッチって形式で試合をしたことがあるんだ。まあ、普通なら団体の側で用意しそうなもんだが、インディー団体だけあってカネがないからって理由でわざわざ選手が持参することになったんだよ。親父はそういう変わったところで試合するのも大好きなんだ。長い間大手のメジャー団体でやってきたせいか、王道に飽きてるんだろうな。

などと説明すると、高良井は逆方向に首を傾げた。

「脚立を使った試合？　どんなの？」

「今度動画見せるから」

　とりあえず今気にするべきなのは、脚立の不在だ。

　親父は、ラダーマッチの試合に脚立を持ち出したはいいものの、そこでぶっ壊したせいで、我が家には脚立が不在なまま今に至っているのだ。こんなことなら、もっと早く買い直しておけばよかった。

「じゃあほら、やっぱり私が手伝った方がいいんじゃん。名雲くんが私を肩車してよ。私がそれつけるから」

　よし！　そうしよう！

　なんて言えるわけがない。

　高良井を肩車するということは、つまり高良井の股の間に頭を通すということである。

　しかも高良井は学校帰りの制服姿だから、スカートに首を突っ込むことになるわけで……もし高良井が短パンやスパッツを穿《は》いていなかったら、俺はまっすぐ立つことができなくなってしまう。

「……まだ持ちそうだし、今日はやめて別の日に」

「……シンにぃ、電球取り替えないの？」

　物置部屋に顔を出した紡希は不安そうにする。

そういえば紡希は暗い場所が苦手なのだった。

ホラー映画好きなくせにな。いや、ホラー好きだから、暗闇を意識してしまうのかもしれない。もしトイレに起きて廊下の明かりがつかなかったら……暗闇でぷるぷる震える紡希を想像するとかわいそうすぎていたたまれない気持ちになってしまう。

「わかったよ。俺、やる」

紡希のためだ。背に腹は代えられない。

俺はジャンル別に区分けされた棚から蛍光灯を引っ張り出した。

「親父が持っていったのが蛍光灯じゃなくてよかった」

「脚立だけじゃなくて蛍光灯も使うの？」

「そりゃ使うだろ。ほら、さっさと替えちまおう。面倒なことはすぐ済ませるに限る」

「面倒ねぇ、ふーん、面倒ねぇ。どっちのことかなー」

不満げな高良井と一緒に廊下まで戻ってくる。

「まー、しょうがないよね。紡希ちゃんのためだもんね。名雲くん、その辺でしゃがんで」

「しょうがない、は、こっちのセリフだ。俺だって高良井さんなんぞを肩車したくないんだからな」

俺は、とんでもなく照れくさい気持ちになりながら、高良井に背中を向けるかたちで身をかがめる。

肩車、肩車、これは蛍光灯を取り替えるための、単なる作業なんだ。

そう言い聞かせて冷静さを保ちながら肩車をする心構えを持とうとする。

「名雲くん、逆逆」

俺の正面に回り込んで、高良井が言う。

「私、正面から名雲くんに肩車してほしいなぁ」

にこにこしながらとんでもないことを言う。

どうやら高良井は、いわゆるパワーボムの姿勢で持ち上げよ、と言いたいらしい。

正気か？

もちろん俺は断固拒否する気だった。

肩車をするってだけでも恥ずかしいのに……高良井の股間に顔面を密着させるようなこと、できるわけないだろうが。

「それだとバランス取りにくいだろ。前が見えない」

「いいじゃん。私だけを見ててよ」

こんな状況じゃなかったらドキドキしかねないセリフなんだけどな。

「悪ふざけがすぎるだろ。肩車以外、俺は認めないぞ」

本音を言えば、肩車だって嫌なのだが。

「シンにぃ……ここ、急に暗くなっちゃうの？」

紡希《つむぎ》が俺にすがりついてくる。

「暗くはならない。俺が、させない」

紡希のために俺が、光をもたらす役目を果たさねばならないのだ。

「ほら、じゃあ早く替えちゃおうよ～」

「肩車すれば済むだけの話をややこしくしてる高良井さんが言っていいことじゃないだろ」

高良井、これ絶対楽しんでやってるだろ？　俺はいいけど、紡希まで巻き込むなよな。

「名雲くんは頑固だね。そうだ、そういや名雲くん、スイ〇チ持ってるよね？」

「持ってるけど？」

「じゃあなんかゲームで勝負してさ、名雲くんが勝ったら名雲くんの希望通り肩車ね。私が勝ったらパワーボムで」

「……負けても文句言うなよ」

そもそも俺は肩車するのだって嫌だって話なんだけどな。

こうでもしないと埒《らち》が明かなそうだったから、俺は高良井の話に乗った。

★

俺は、なぜか紡希も交えて、昭和も平成も令和も定番なすごろく系ゲームで勝負をしたのだが、高良井も紡希もやたら引きがよく、俺は最後まで貧乏神の魔の手から逃れることができず最下位に沈んだ。

「約束を守ってもらおうかな、負け犬くん」

「シンにぃは、弱い」

頽《くずお》れる俺の目の前で腰に手を当てて仁王立ちする高良井と紡希。仲良し姉妹かってくらい息が合っていて、このまま紡希が高良井に感化され続けたらどんなことになるのか恐ろしい気持ちしかなかった。そもそも俺が圧倒的大差で負けたのも、この2人が組んで俺を妨害するようなカードばかり切ってきたからだ。

「……わかったよ」

ここまで来て悪あがきはできず、俺は廊下に出て、高良井の正面でかがんだ。

……のだが、高良井が俺の後ろに回り込む。

「よく考えたら、前からだとバランス取るの難しいもんね。肩車の方が安全だわ」

「最初からそう言ってるだろうが」

「ごめんごめん」

本当に謝る気があるのか、へらへらした態度で高良井が言う。

「ちょっと名雲くんとゲームで遊びたかっただけなんだよね」

「そんなの、普通に言えばいくらでも付き合うんだけど？」

「いくらでも付き合ってくれるの？」

「ああ」

「それは永遠の愛を誓ったのと同じ意味だよね？」

「さっそく認識のすれ違いが始まってるみたいだな。離婚へのカウントダウンだ」

結局高良井のペースに巻き込まれただけの一日だったのだが、俺はどういうわけか満たされた感覚があった。それがとても悔しかったのだが、嫌な気持ちはしなかった。

これ、高良井に調教されてしまっているのだろうか？

「あのさー、重かったらさー、重いって言ってくれていいからね？」

俺の肩に手を置く高良井の恥ずかしそうにする声が聞こえてくる。

「いくら俺でも、女子相手に面と向かって重いとは言わないぞ」

ていうか、体重以上に男子に肩車されているという状況を、高良井は恥ずかしく思わないのだろうか？

まあ高良井《たからい》は気にしないのだろう。俺みたいに異性慣れしていないわけじゃないからな。

「ふーん、紳士じゃん。じゃ始めよっか」

ついにこの瞬間が来たか、とドキドキしながら待っていると、肩への慣れない重みとともに、顔の両サイドから女子の白い腿《もも》がにゅっと伸びてくる非日常的瞬間に遭遇する。

しかも相手は、あの高良井結愛《ゆあ》だ。

ほんの少し前なら、挨拶をすることすらできなかった相手である。

不思議なこともあるものだ、という感慨が、俺からいくらか恥ずかしさを取り除いてくれたのだが、柔らかな太ももが俺の顔を挟んだ時、高良井の甘い匂いも相まって背中が丸まって立ち上がれなくなりそうになる。

「ごめん、名雲《なぐも》くん、やっぱ重かった⁉」

悲鳴に近い高良井の声が聞こえる。

「そんなことはないぞ……」

ウソではないことを証明するために、俺は立ち上がって肩車の姿勢を完成させようとする。

正直なところ、高良井は決して軽くなかった。

考えてみれば、一六五センチ以上はありそうな長身なのだ。細身だけれど、胸があるし、その分体重だってあるだろう。仮に五十キロあるとすれば、五キロの米袋に換算すると10個分だ。それを肩に乗せて持ち上げるとなると、これはもう一種の修行である。

けれど俺は、自分でも気づかないうちに筋トレの成果が出ていたようだ。

高良井を肩に乗せたあと、案外すんなりと持ち上げることができた。

「お～、名雲くんすごいね、力あるじゃん」

「これくらい余裕だ。スクワットやってるからな」

などと余裕ぶっていると、高良井からわしゃわしゃと頭をなでられてしまう。やめろ、力が抜けそうになるから。

スカートの高良井を肩車するのは想像以上に恥ずかしく、バランスを取るように気をつけているせいか、高良井は脚を俺の首に絡《から》めてむにむにと動かしてくるので、腿の感触だけで昇天しそうになる。

早いとこ終わらせないと、俺がもたない。

「紡希～、ジェダイごっこしてないで蛍光灯を高良井さんに渡してやってくれ～」

「はい、結愛さん」

紡希が高良井に向けて、蛍光灯を差し出す。

一人暮らしで慣れているのか、高良井は手早く蛍光灯を付け替え、俺から降りた。

後頭部と肩にはまだ高良井の感触があって、改めて考えるととんでもないことをしたな、という気分になる。

「名雲くん、ありがとう〜」

「付け替えたのは高良井さんだろ。これで紡希も暗闇にビビる必要はなくなるしな」

「二人の共同作業だね！」

紡希はきゃっきゃと喜びながら、古い蛍光灯を振り回す。危ないからやめなさい。

いつもと同じはずなのに、この日替えた蛍光灯はやたらと輝いて見えた。

こうして名雲家に新たなる光がもたらされたのだった。

◆6【雨と陽キャ】

その日は、いつもどおりの学校生活があって、いつもどおりクラスメートの誰よりも早く帰宅するつもりだった。

だが放課後、アクシデントが起きた。

昇降口から正門を見渡すと、強い雨のせいでカーテンのようになっている光景が見えた。

突然の気まぐれな雨だ。

待っていればやがて止《や》むだろう、と判断したらしい帰宅予定のクラスメートは、しばらく校内で待機することに決めたらしい。

俺には、のんきに待っているヒマなんてない。

一旦帰って、最寄り駅まで紡希に傘を持って行ってやらなければいけない。

その後は、紡希が風邪を引かないように風呂《ふろ》を沸かしておいて……と考えながら、全速力で自転車をこいでも平気なように脚をぷらぷらさせていると。

肩をとんと叩《たた》かれた。

突然の衝撃にびっくりしながら振り返ると、高良井がいた。

どうりでさっきから、雨の湿ったものとは全く違う爽やかな匂いがすると思ったら。

「こんなこともあろうかと、下駄《げた》箱のロッカーに置いてあるんだよね」

折りたたみの傘を差し出してくる。自分のことはいいから使え、ということだろう。

「自転車の後ろに乗せてくれるなら、これ使わせてあげるよ?」

違った。どうも高良井は俺を移動手段として使いたいらしい。まあ俺の家を経由する方が、駅には近いからな。

　てっきり高良井は仲良しの桜咲《おうさき》たちと一緒に雨が止むのを待ってから帰るのかと思っていたのだが。

「友達はいいのか？」

「瑠海《るみ》たちから誘われたけど、今日は帰るからって断っちゃった」

「そんな大事な用事があるのか」

「？　これがその用事だけど？」

　不思議そうに首を傾《かし》げる高良井。

　雨のせいで普段より冷えているはずなのに、急に体温が上がった気がした。

「お前……ま一たそういう冗談言うんだから」

「めっちゃガチなんだけどなー」

「……あくまで紡希のために『彼女』のフリをしてくれてるのに、単なる善意を俺が本気にしたらどうする？　陰キャぼっちが本気になっちゃったらどうするんだよ。超めんどくさいぞ」

　高良井に告白している数多《あまた》の連中みたいな、玉砕覚悟だろうと『好き』を伝えるような、ある意味前向きな奴《やつ》らとは違うんだよな。

「いいよ。じゃ、本気になってよ」

高良井は俺より前に進み出て、さっさと傘を開く。

雨のカーテンに向かって鮮やかなピンクの花が咲いて見えた。

「名雲くんのめんどくさいとこに振り回されたいなーって思う時あるし」

早く来い、とばかりに高良井は傘を左右に振る。

こりゃアレだな。また好事家《こうずか》な面が顔を出したな。

高良井は既に友達にお断りをしているわけで、今更教室に戻るわけにもいかないはずだ。

もはや俺は、断れないわけだ。

高良井信者に目撃されないうちにさっさと帰った方が良さそうだ。

今なら、高良井の傘が俺の姿を隠してくれるだろうしな。

高良井の傘に入れてもらった俺は、駐輪場から自転車を引っ張り出す。

荷台に乗ってもらおうとした時、高良井が首を傾げた。

「クッションついてるの、なんで？」

「毎朝紡希《つむぎ》を送ってるんだ。駅までだけど」

「へー。やるねー。やっぱシスコンだね」

「いまいち褒められてる気がしないんだが……」

「私も今度から学校まで送ってもらおうかな」

「高良井さんは電車だろ。それに反対方向だし」

「私が名雲くんの家から学校行くようになれば問題なくない？」

「問題ないと判断する高良井さんのことが心配だなぁ」

これ、いつのまにか名雲家に住み着くなんてことないよな？

紡希は喜ぶだろうが……俺からすればプレッシャーしかないぞ。

美少女との同居に耐えられるほど俺のメンタルは頑丈にできていないのだから。

「あ、私が傘持つから。名雲くんは運転するだけでいいよ」

不穏を感じるぶった切り方をして、高良井が荷台に跨《また》がった。

高良井が傘を差し出してくれたおかげで、雨の被害は最小限で済んだ。

とはいえ、スピードを出しているせいで雨が横殴り状態になり、スラックスはだいぶ濡《ぬ》れてしまったけれど、この程度なら体調を崩すことはないだろう。

親父《おやじ》が仕事で家にいない今、俺が風邪を引いてダウンしたら名雲家はたちゆかなくなってしまうからな。

結局、自転車に乗っている間は雨が止むことはなかったのだが、無事に自宅までたどり着く。

屋根付きの駐輪スペースで自転車から降りると同時、くしゃみの音がした。

「あー、ごめんね」

高良井である。

「思ったより濡れた」

高良井は尋常じゃないレベルで濡れていた。カーディガンで守られていたはずのワイシャツまでぐっしょりである。

「おい、まさか俺の方に傘寄せたんじゃないだろうな?」

元々、折りたたみの小さな傘だ。二人分カバーするようにはできていない。てっきり俺は、傘の持ち主である高良井が、自分自身の側に寄せて使っているものと思っていたのだが……。

「まあちょっとバランス間違えたよね」

なんでもないように微笑《ほほえ》むのだが、髪の先から雨のしずくを滴《したた》らせているレベルで濡れていた。冷えているせいか白い肌はいつも以上に透き通って見える。そんな高良井を前にして平然としていられるほど、俺は人の心を失っていない。

「風呂沸かすから、入ってけよ」

「えー、いいよ。悪いし」

「なんでいつになく遠慮気味なんだよ。高良井さんのキャラじゃないだろ」

普段はもっと頼んでもいないのにズカズカ踏み込んできてくれるのに。

まさか、とうに風邪を引いてしまっていて弱気になっているのだろうか？

そこまで考えて俺は、自分がそんな信頼を得ている存在ではないことに気づいてしまう。

「あっ、別になにもやましいことは考えてなくて。単に風邪引かせたら悪いなって思って誘っただけで……他意は別に……」

紡希の前では彼氏彼女な関係になってはいるものの、実際は単なるクラスメートである。

そんなヤツに風呂を勧められて、はいそうですか、と受け入れられるわけがない。

紡希が不在で、家に二人きりな状況になることは高良井《たからい》だってわかっているはずだし、警戒されているのだろう。

「いや、別に名雲《なぐも》くんのことは疑ってないんだけど」

駐輪スペースのささやかな屋根の下、傘の柄を肩に掛ける高良井は明後日《あさって》の方向を見つめて考えるような仕草をしている。

「高良井さんのおかげで紡希とぎくしゃくしなくなったんだから、こういう時には借りくらい返させてくれ」

このまま問答をしていたら高良井が本当に熱を出してしまいそうだ。

いつになく積極性を発揮した俺は、高良井を引っ張る勢いで家の中へ連れ込むのだった。

◆7【でもこの子、全身親父グッズなんですよ】

　家に入ってすぐ浴室の暖房をつけた俺は、高良井には兎《と》にも角《かく》にも温かいシャワーで暖を取ってもらうことにした。

「名雲くんも濡れてるでしょ？」

　洗面所に立った高良井は渋っていた。

「おかげさまで俺はたいして濡れてないから平気だ。着替えるだけでどうにかなる」

「でも、私のせいで名雲くんが風邪引いちゃうのも嫌だしなー。そうだ、一緒に入っちゃう？」

「わかった。高良井さんは風呂《ふろ》でゆっくり温まれ。俺は着替えたらリビングで待機してるから、終わったら呼んでくれ」

「ぜんぜんわかってないじゃん」

　不満そうにする高良井だが、もちろん冗談だったらしく食い下がってくるようなことはなかった。

「着替え、どうしよ？」

ていた。

高良井に風邪を引かせてはいけない、ということばかり考えていたせいですっかり忘れていた。

「あっ……」

一番忘れたらいけないことなのにな。

同性の紡希の服を貸すのが妥当なのだろうが、サイズ合わないだろうしな。

「名雲くんの服、なんか貸してくれない？」

別に俺のを貸すのでもいいのだが……そうだ。

「ちょうど親父のグッズで未開封のヤツがある。XLサイズだけど、大きい分には大丈夫だろ」

「親父のグッズってなに。ウケるんだけど」

確かに。言われて気づいたが変なワードだな。

「親父のファングッズTシャツだ。観戦に行くファンが応援用に着るヤツなんだが、そんな変なデザインでもないから」

「着られるならなんだっていいよ。でも下は」

「あるよ。スウェットパンツがあるから、それ使え。こっちも未開封だから」

「お父さんのファングッズすごいね。タオルとかあるの？」

「あるよ。わりと定番だからな」

家のバスタオルを使ってもらおうと考えていたのだが、その辺は女子が使うものだし、未使用の方がいいだろうな。他のと一緒に取ってこよう。

「なんでもあるじゃん。靴下もあったりして」

「あるよ。フリーサイズだから女子でも履けると思う」

「……まさかパンツはないでしょ？」

若干の恐怖をにじませる顔をして、高良井が言う。

「さすがにそれは……あったわ。ちょうど発売したばっかのやつ。試合用コスチュームを模したボクサーパンツなんだけど……使う？」

「うーん、下着はあんまり濡れてないから」

それならそれでいいか。流石《さすが》に下着を他人の家で乾かすのは嫌だろうしな。

「脱いだやつを持ち帰れる袋もあった方がいいよな？　外から中が見えないトートバッグがあるんだけど」

「それもお父さんのファングッズなんでしょ？」

「……いや、団体のロゴマークがついたヤツ」

「へー、そこは違うんだね」

いいだろう。


「おい、にやにやするな。なんか悔しくなっちゃったぞ」

妙な敗北感に襲われるのはともかくとして、早いとこ高良井を風呂に入れてやった方がいいだろう。

「待ってろ。取ってくるから。着替えはその辺に置いとくから、しばらくそこで暖まっててくれ」

洗面所兼脱衣所の扉を閉めて、俺は二階へ向かってまずは自室で着替えを済ませる。

二階には、俺と紡希《つむぎ》の部屋以外にも、いくつか空き部屋があった。

この家を建てた時には、俺はすでに親父《おやじ》との二人暮らしで、明らかに部屋数が多いのだが、たぶん親父は彩夏《あやか》さんが生活に困った時に紡希と一緒に住める場所を用意していたのだろう。親父と彩夏さんは仲のいい兄妹《きょうだい》だったから、それくらい考えていてもおかしくはない。

そんな空き部屋の一つは、親父関連のグッズを収納しておく物置部屋になっていた。

見本用として送られてくるグッズを置いておく場所だ。過去に販売されたDVDやら大会パンフレットやら親父を基《もと》にしたフィギュアやら試合で使ったコスチュームやらガウンやらが飾られていて、もはやちょっとしたミュージアムである。

そこから必要なものを引っ張り出した時、紡希からメッセージアプリの返信が来ていた。

『傘持ってこなくてもいいよ』

『もうすぐ止《や》むみたいだし、学校にいるから』

学校で一緒に雨宿りをする友達がいる、紡希らしいメッセージだった。

テレビの天気情報によると、あと三十分もすれば晴れるらしいし、まあいいだろう。

などと気楽に考えながら一階に下りた時、俺は急激に落ち着かない気持ちになる。

これ、しばらく高良井と二人きりな状況になるってことだよな？

紡希を迎えに行くことを前提にしていたから、そうなることなんてすっかり忘れていた。

まっすぐ歩くことすら困難になる俺は、『腕だけ入れるからな〜。いるなら言えよ〜』と警告しながら、洗面所の扉の隙間に腕を伸ばし、目を閉じながら着替えを置く。

リビングでそわそわしながらスマホをいじってしばらく経《た》つと、高良井が出てきた。

「お風呂と着替えありがと」

「もう平気なのか？」

「うん。シャワーで十分温まったし、浴室の暖房も入れててくれたでしょ？　メイクし直しながらじっくり温まったよ」

「それならいいんだが」

「それに、今の時期にこれだけ着てたらね」

高良井《たからい》はTシャツ一枚だけではなく、スウェットパンツと同じ色の黒いパーカーを着ていた。上下ともに、ちょっと厨二《ちゅうに》チックな金色のロゴが入っている。このパーカーも親父のグッズだ。二人きりの状況が続くとわかったことで、慌てて追加で引っ張り出してきたのだ。露出が少ない方が、意識しなくて済むだろうから。

だというのに、高良井は俺のすぐ隣に腰掛ける。

ソファは向かいにもあるのに……こんな接近されたんじゃ意味ないだろ。

元々オシャレ目的ではない上に、サイズがデカくてダボッとした野暮ったいシルエットの服でも、高良井は上手《うま》く着こなしていた。髪色のせいか、休日のヤンキーみたいになってもおかしくないのにな。サイズが大きいことで、かえって華奢《きゃしゃ》で抱きしめたくなる印象が強くなってしまっていた。

「紡希ちゃんは？」

「止むまで学校で待つらしい」

そう答えた時には、高良井は俺の手を握っていた。

風呂上《ふろあ》がりの爽やかな匂いがするせいで、普段以上に緊張させられる。洗ったばかりのしっとりした髪も、今の俺には艶《なま》めかしく映った。あの高良井が、俺が日頃使っている浴室で全裸になったのだ、という余計なことを考えてしまう。

「でもこれ、止むの？」

　高良井が心配そうに外を見つめるのだが、確かに窓ガラスの向こうでは依然として雨が強く降っていて、とてもじゃないがあと数十分で止むようには見えなかった。

「もう一度、紡希に連絡しておくか」

　もしかしたら、雨が止む気配がなくて寂しくなっているのでは、と思った俺は、再度紡希にメッセージを送る。

　返事はすぐに来た。

『心配しないでー。楽しいから』

　という答えと、それを証明するためか、放課後の教室でクラスメートと楽しそうにしている写真も一緒に送られてくる。

「……男子はいないな。よし！」

「よし！　じゃないでしょうが」

　呆《あき》れ顔《がお》の高良井に軽く頰をつねられてしまう。

「口うるさくしてたら逆効果でしょ」

「そうは言っても、紡希が男子とウェイウェイやってたら……俺は耐えられない自信がある」

「そんなとこで自信持たないでよ」

「いやでもな……あ、また紡希からメッセージ来た」

『シンにぃ、結愛《ゆあ》さんと一緒なんでしょ？』

「なんで知ってるんだ？」

「私が送ったからだよ。名雲くんと一緒だよー、って」

「お前、さっきからスマホをちらちらいじってるなと思ったらそんなことを……」

『しばらくわたし帰れないし』

『今のうちに結愛さんといっぱいいちゃいちゃしまくってね』

「完全に誤解しているじゃないか。なんだこのスタンプは。きゃーとか言って顔隠す猫のキャラクターが貼られてるけど、紡希は何を想像してるんだ……？」

「やることやっちゃってるとこじゃない？」

恥じらい知らずの物言いをする高良井は、スマホを掲げてカメラを自分に向けていた。

「紡希に性の知識なんかあるわけないだろ、いい加減にしろ」

「いやいや、中学生でしょ？　普通にあるってば」

俺は、女子だけのコミュニティでどんなことが行われているのか、まったく知らない。

そのコミュニティのど真ん中にいる高良井がそう言うのだから、きっとそうなのだろう。

「ああ～」

事実を認めるしかなくなった俺は背中を丸めてしまう。

そんな背中に柔らかな重みを感じた。

「紡希ちゃんが気を遣ってくれてることだし、せっかくだからいちゃついちゃおうよ」

高良井が俺の背中に横から覆《おお》い被《かぶ》さってくる。

俺は違和感に気づく。

何かと腕に抱きつかれているせいで、いつもと柔らかさが違うのがわかった。

「……なあ、高良井さん」

「なぁに？」

「こんなこと聞くのはアレだと思うんだが……」

「言ってよ。気になるじゃん～」

「なんかほら、感触がアレだ、柔らか……くない？」

「あー、そりゃノーブラだもん」

俺は言葉を失った。

「ブラはちょっと濡《ぬ》れちゃっててさー。持って帰って乾かすことにしたよ。パーカー貸してくれるなら見えないしいいかなって」

まさか、極力高良井を意識しないで済むように厚着をさせたことで追い詰められる結果になるとは……。

ていうかこいつ、警戒心なさすぎだろ。

高良井は俺の上から退《ど》くことなく、背中に張り付いたままだった。それどころか、バランスボールで戯《たわむ》れるみたいにゆらゆら上下に動く。

「高良井さんは俺をどうしたいんだ？」

声は抑えていたけれど、俺は半狂乱だった。

「いちゃつきたいだけだよ」

「いちゃつきの範疇《はんちゅう》超えてるだろうが。それに……このまま密着されたら俺だってどうなるかわからないんだぞ」

俺だって男子である。しかも異性慣れしていない。

このままだったら性欲が爆発していつ高良井に襲いかかるとも限らない。

まあ、自分がそうなるイメージなんてまったく湧かないわけだけど、性欲はいつ暴走するかわからないから心配だった。

「へー。どうなっちゃうんだろ」

などと言いながら、高良井は俺の両肩を掴《つか》むと、そのままソファで横になるようにして引き倒した。

　俺は、ソファに寝そべる高良井に包まれるかたちになる。

「おい、何するんだ」

　恥ずかしさと戸惑いで俺は混乱していた。

「だって、名雲《なぐも》くんだって雨で体冷えちゃったわけでしょ？」

　やたら嬉《うれ》しそうな高良井の声が耳に響く。超至近距離で。

「私だけシャワー使わせてもらったのも悪いし、温かさのおすそ分けっていうか」

　高良井の両腕が、俺の胸元でクロスするかたちになる。

　後頭部には、最高級レベルの枕が当たっていた。

「名雲くんだけ風邪引かせちゃったら嫌だもん」

　高良井から超密着されようとも、襲いかかるような事態になることはなく、ただただ高良井の行動に圧倒されて、しばらくそのまま腕の中にすっぽり収まってしまっていた。

「ていうか名雲くん、めっちゃ抱き心地いいじゃん」

　背後であくびをしながら、高良井が言った。

　肉付きのよくない俺を抱いておいて抱き心地がいいというのも不思議な話だが、絶妙な肉感を持つ高良井を「敷く」かたちになっている俺は高良井よりずっと心地よい感覚に包まれてしまっていた。

「名雲くんの重みにさー、ほんのり潰されちゃってる感じがめっちゃ気持ちいいんだよねー。このままお昼寝できちゃいそう」

「やめろ。寝るな。寝るんだったら俺を解放してからにしろ」

このままだと、高良井の感触を忘れられなくなってしまう。俺が高良井ナシで生きられない体になったらどうしてくれるんだ。

「やだよ。もう眠いから……」

高良井の声にはすでにまどろみが含まれていた。

「待て。眠るのは待て。紡希《つむぎ》にこの現場を見られたらどう説明するつもりなんだよ？」

お互い着衣ではあるものの、「紡希がいない時に密着している」という事実のせいで、余計な誤解をさせてしまうかもしれない。

「ねー。紡希ちゃんにはまだちょっと刺激強いかもだもんね」

いや、俺ちゃん（十六歳）にも十分刺激が強いから、もう控えてくれねえかな？

「でも私としてはさー、名雲くんとはそろそろ手繋《つな》ぐだけじゃなくて別の……」

高良井はどんどんまどろみの沼へ意識が落ちていく。

「すぅ……」

「マジで寝やがった……」

　こんな状況で穏やかな寝息を立てるということは、ひょっとしたら高良井は相当疲れているのかもしれない。

　一人暮らしで、俺と違って活動的な学校生活を送っているから、その分疲労も大きいのだろう。

　正直恥ずかしいことこの上ないが……紡希に親切にしてくれる日頃の感謝の意味も込めて、このままにしておいてやるのも悪い選択では……ないのかもしれない。

　もしかしたら、俺にとっても。

　気を紛らわせるためにスマホでサブスクの配信サイトアプリを起動して、銃と血と暴力のアクション映画を眺めるものの、高良井の感触と嗅ぎ慣れた感じがしないボディソープの香りと寝息ばかり気になってロクに集中できないでいるうちに雨は上がっていた。

　高良井が目を覚ましたのは、ちょうど紡希が帰ってくる少し前のことだった。

「おはよ」

　俺の耳元で、高良井が言った。

「お、おう。今、夕方だけどな？」

　まどろみの残る寝起きの声は、高良井のプライベート極まりない部分を感じられるものだった。

「あ、なんか観《み》てたでしょ。一人だけ」

「高良井《たからい》さんが寝てたからヒマだったんだよ」

高良井が身を起こすのに合わせて、俺も上半身を起こす。ソファの背もたれに肩を寄せる姿勢で脚を曲げて座っている俺の後ろに高良井がくっつくようなかたちになっていた。

「ヒマなら起こしてよー」

「そんな気持ちよさそうに寝てたら起こせるわけないだろ」

寝起きのせいか、高良井はやたらと無防備な甘え方をしてくる。

「あーあ、名雲くんにのしかかられてたせいでちょっと体痛いんですけど」

「それ、俺のせいか？」

あと、語弊を招く言い方するなよな。俺が押し付けていたのは背中だ。体の正面じゃない。体の表と裏、どっちを高良井の体に接地させていたかどうかってのはとても重要だからな。いやらしさの面で。

「ほら、そろそろ紡希が帰ってくるから離れろ」

起き上がった今、もはや高良井に気遣いする必要はなく、俺はソファから離れて高良井を引っ張り起こした。

せっかくだし、ということで、高良井が夕食をつくると言い出して台所に立った時、紡希が帰ってきた。

「シンにぃ。結愛《ゆあ》さんとはどうだった？」

完璧なお膳立てだったでしょ、という顔で満足そうな紡希だった。

「……別に、なんにもないけど？」

「もう、シンにぃったらチャンスをむだにして」

ぷんすかする紡希だったが、台所に立っている高良井を見つけると、この日の夕食を『当たり』と感じたようで機嫌が回復した。

「結愛さんも、シンにぃにはもっと積極的になってほしいでしょ？」

それを高良井に聞くのか、ということを聞き始める。

「うーん。名雲くんだし、焦《あせ》ってもしょうがないよね」

紡希に腕を引っ張られながらの回答は、紡希をある程度納得させたようだ。

「あーあ、いい機会だったのにね。結愛さんも大変だね」

「そうだねー。でもそれも名雲くんのいいところだから」

高良井は、紡希が帰ってくるまでは紡希が望むようないちゃつきに近いことをしていたのを言わなかった。キャラ的に、平気で言い出したっておかしくはなさそうなのに。

もしかしたら、高良井だって、思い返してみると恥ずかしいことだったと感じているのかもしれない。

お互い着衣とはいえ、ソファで重なり合ったことは俺からすればとんでもない出来事だったしな。

その事実を、俺も高良井も紡希には明かさず、秘密にしていることに、なんだかとてもドキドキする俺だった。

■第三章【縮まる距離】

◆1【陰キャぼっちの俺には学校内でのイベントなんてないと思ってました】

雨の日の一件で、高良井の感触をきっちり覚えてしまうほど密着したからか、この日は学校で高良井を見かけるだけで無駄にドキドキした。

これまで俺たちは、教室では完全に他人のフリをしているのだが、クラスメートだから時折高良井と視線が合ってしまう時がある。

そういう時、高良井はさりげなくこちらに向けてぱちりと片目を閉じてみせた。

今日ばかりは普段の百倍増しで恥ずかしくなる。

別に俺は、高良井のことを好きとか、ない。

紡希に優しくて、涙もろくて、ギャルのくせに家事がしっかりできるから、いいヤツだとは思うけれど、それだけだ。

高良井だって、あくまで紡希のために『彼女のフリ』をしてくれているわけだし、勘違いしたら悪い。

顔を上げていると、また高良井と視線が合ってしまいそうなので、俺はスマホとのにらめっこに逃げることにした。この調子じゃ、休み時間中の勉強すら手につかなそうだ。

そんなスマホには、紡希と一緒に高良井の姿が映る壁紙が現れた。

校内には、告白破りの高良井と一緒に写真を撮ったり、自宅のソファでとんでもない密着をしたりできる男子はいないだろう。

ひょっとして俺、学校内の男子の中で一番高良井との関わりが深いのでは？

いやいや人気者の高良井だぞ俺が知らないだけで仲が良《い》い男子なんてきっと他にいっぱいいるだろ。

一瞬でも思い上がったことが恥ずかしくなって、俺はスマホの電源を切って机に突っ伏してしまった。

★

午後の授業は、二クラス合同での、二時間ぶち抜きの体育だった。

昼食後の授業なだけあって、腹ごなしとばかりに、活発な男子連中は体育館を躍動している。

球技の苦手な俺は、どうにかチームメイトの邪魔にならずにバスケのミニゲームを乗り切り、体育館の扉の脇で休憩していた。

扉は開いていて、そこはグラウンドに繋がっている。

男子の熱気が込められた暑苦しい空間とは違う新鮮な空気に満たされた外の世界では、女子が短距離走をしている。同級生男子のタマ遊びに興味のない俺は、そのままぼんやりと眺めていた。

ちょうど、高良井の番になる。

校名が入った白いTシャツに、赤い学校ジャージのハーフパンツ姿だった。

高良井は、長い脚と持ち前のバネで圧倒的な走力を見せつける。

帰宅部なのに、よくあれだけ走れるな。

高良井は美容のためにトレーニングをしているから、走り込みもしているのだろう。

あんなハイスペック女子と自宅で一緒に過ごしているなんて、思い返すと冗談みたいだな。

「やっぱスゲーよなー、高良井は！」

いつの間にか、俺の背後に高良井を見物しようとする男子の集まりができていた。

恥も外聞もない思春期男子が集合することで、高良井の品評会が始まる。

男子の中でも下等な部類に入る品性の持ち主らしく、胸やら尻やら脚やら、やたらと表面的なことばかり取り上げて褒めそやす。

高良井が、どちらかといえば『親しい人間』の枠組みに入っている今、俺としてはあまりいい気分がしなかった。

別に、自分だけは違う、と言い張るつもりはないんだけどさ。

「おいこら～、男子さぁ！」

ちょうどそんな時、ピンク髪のツインテール女子が猛スピードでこちらに寄ってくる。

桜咲瑠海《おうさきるみ》だ。

高良井といつも一緒にいる桜咲は、背が高いモデル系の高良井と違って背が低くてアイドル系の可愛《かわい》らしさがある。瞳はぱっちりと大きく、鼻先が丸まっているせいか高校生のわりに幼い印象を受けた。

そんな桜咲が、今は目を吊《つ》り上《あ》げて鬼気迫る顔をしている。

「いやらしい目で結愛っちのこと見てんの、こっちにガンガン伝わってくるんだからね！」

桜咲は高良井の忠実な番犬のごとく、見物に徹していた男子を追い返す。

桜咲はアイドル的な容姿に反して男子相手に媚《こ》びるようなことはなく、ひたすら高良井にべったりなのだった。

「……その場を絶対動かねぇって顔してる根性だけは認めてあげようじゃない」

視線は俺に向かっていた。

すっかり油断していた。

俺はゲスな品評会に参加していない部外者のつもりだったのだが、桜咲からすれば俺も卑《ひ》猥《わい》軍団の一員でしかないのだろう。

「いや俺は、涼んでただけで……」

「涼みながら結愛っちをおかずに楽しんでたなんて、いいご身分じゃなーい？」

桜咲は俺の目の前で見下ろすように立つ。

「最近ちょっと結愛っちと目が合うからって……調子に乗るなよ……！」

「目が合う……？　俺、高良井さんとは何の関係も……」

マズい、と俺は思った。

桜咲は高良井と常に一緒にいる。

高良井がちょこちょこ俺に視線を送っていることや、放課後の付き合いが悪くなっていることで、俺に疑いを向けていたっておかしくはない。

けれど、目線が合うことを気にしている程度だったら、気のせい、と誤魔化しようはある。

「なんであんたみたいな棒きれ男子が……結愛っちの相手はもっとデカくて強くて頼りがいがないとダメなのに……」

不満そうにぶつくさ何やら言っているのだが、俺にはよく聞こえなかった。

「それこそ、名雲《なぐも》みたいな……」

「あの、名雲ですけど？」

「はぁ？」

何故《なぜ》か逆鱗《げきりん》に触れてしまったようで、桜咲はいっそう形相を険しくした。

「瑠海～、どしたの？」

そんなところに現れる高良井。

百メートル走を終えた直後にこちらに来たからか、ほんの少し息が上がっていた。

高良井からバックハグされた感覚がフラッシュバックする。

この場で頭を抱えたい気分になるけれど、そんなことをしたら確実に変な奴《やつ》扱いされるから耐えるしかなかった。高良井を前にすると恥ずかしくなる気持ちを抑えられない。

「ふん！　なんでもないよ！　結愛っちのこといやらしい目で見てた男子のかたちを変えようとしてただけだし！」

「いやらしい目で見てたって、もしかして名雲くんが？」

完全に誤解なのだが、『男子』と限定される存在は、この場にはもはや俺しかいなかった。本当にいやらしい品評会をしていた連中は、とっくにバスケの試合に復帰している。

いくら高良井《たからい》でも、真面目に授業をしている時にゲスな目で見られるのは不快なのだろう。まあ完全な濡《ぬ》れ衣《ぎぬ》なわけだけど。

「名雲くんに一言言っておかないとヤバいよね。ここは私に任せて」

桜咲の方を見ているせいで、高良井の表情がわからない。これ、ガチギレさせちゃったパターンかもしれない……。

「ヤバいヤバい。だからトラウマレベルまで追い込んじゃって！　正義はこっちにあるんだもん」

桜咲は、言動とまったく不釣り合いな笑みを浮かべて、とてとてと去っていく。

「名雲くんさぁ」

こちらを振り向いた高良井は、呆《あき》れた顔をしていて、俺のすぐ目の前まで近づいてきて、立ったまま腰を曲げた。

「いやらしいことしたいなら、名雲くん家でしてあげるから。ここ、学校だよ？　ガマンしようよ」

「俺の家でもいやらしいことなんぞしないんだが？」

盛大に誤解されているようだから、これだけは訂正しておかないといけない。

高良井は身を屈《かが》め、俺と目線を合わせると、俺の額に向けて人差し指を突き立てる。

「昨日したばっかなのに？」

にや～っ、と挑発的な笑みを浮かべられると、昨日のことを思い出し、急激に体温が上昇した。

「あ、あれは俺の意思じゃないし！」

「そうそう、ごめんね。私の意思だもんね。私が、名雲くんとぎゅ～ってしたかっただけなんだよね」

一切恥ずかしさを見せることなく言ってくるものだから、俺は劣勢から抜け出せなかった。

「今日もする？」

「しない。あの時は高良井が風邪ひきそうだったから別なだけで、晴れてたら何もしてないからな」

「そんなこと言ってるけど、抵抗しないで私にされるがままになってたじゃん」

「あれはちょっとびっくりしてただけだから！」

「でもあのおかげで、けっこう私に慣れてくれたんじゃない？」

慣れるどころか、目の前にすると以前よりずっと恥ずかしく感じるようになったんだが、どうしてくれるんだ。

高良井は突然立ち上がると、

「あ、また私の順番来ちゃうから、もう行くね」

立ち去りかけるのだが、そうだそうだ、と言って振り返ってくる。

「この前言ってたプール、今週末に行こうよ」

紡希《つむぎ》のスマホを買いに行った時、そんなことをちらっと言っていたような気がするが、忘れていなかったのか。

「紡希ちゃんだって楽しみにしてるみたいだしさ」

確かに紡希は、最近やたらとプールプール言っていた。高良井は紡希とも直《じか》にメッセージアプリでやりとりしているから、紡希の気持ちは知っているのだろう。

「……わかったよ。じゃあ日曜日な」

紡希の楽しみを奪うわけにはいかない。

高良井は俺の言葉を聞いて満足そうに頷《うなず》くと。

「ソファで抱っこしたあとは水着の見せっこなんて、なんかヤバいね〜」

「言い方に気をつけろよ、学校だぞ⁉」

思わず俺は大きな声を出してしまうのだが、体育館で反響するボールと足音のおかげで周囲に聞こえることはなかった。

学校の連中に俺たちの関係性を誤解されたらとてつもなく面倒なことになるというのに。

高良井も妙なギャンブルをしようとするなよな。

今度は水着か……。

俺の煩悩《ぼんのう》が、ますます加速しそうだった。

◆2【半裸の男女が徘徊している空間に俺が馴染めるわけがない】

時は来た。

プールに行く日である。

区民プール的なモノを想像して気楽に構えていたのだが、高良井が提案したのは、テーマパークみたいに豪華な内装を堪能《たんのう》しながら一年中遊べるタイプのスパリゾートだった。

何が気が重いって、リア充や家族連れという、いかにも人生を楽しんでいそうな陽のオーラを出している人種が大挙して押し寄せそうな雰囲気だったからだ。

俺はもっとこう、公共の施設感がある地味で素朴なプールでよかったのだが……。

入場してしまった以上、もはや引き返すことはできない。

更衣室で着替えた俺は、女子組を待っていた。

左手側には、大腸みたいにうねった巨大ウォータースライダーがあり、正面には本物のビーチを模したプールがあって、人工的に波がやってくる仕掛けになっているらしい。もちろんというべきか、俺が知るオーソドックスなプールもあった。主にこどもや高齢者が使っているようだ。同年代や大学生がうろちょろしているスペースよりずっと落ち着く。

南国の島をモチーフにしているらしく、外国に行ったことのない俺は異国に迷い込んだような錯覚を受けるほどリアルな造りをしていた。水着でいるのが丁度いいくらいの室温調整がされていて、快適といえば快適だったのだが。

「人、多いな……」

日曜日に来れば、そりゃ混み合って当たり前か。

「シンにぃ～……」

心の中で人混みを大巨人が蹂躙《じゅうりん》する妄想をしていると、恨みがましい義妹の声が聞こえた。

「どうした？」

「やっぱりウソじゃん！　みんな可愛《かわい》い水着着てる！　結愛《ゆあ》さんだって！」

「いや、紡希のだって十分可愛いだろ？」

「スクール水着なのに⁉」

「そういうのでいいんだよ」

紡希の水着は、胸元に大きく手書きの名札が貼り付けてあるわけでも、水抜きがあるわけでもない、公立中学校の授業で使う地味なセパレートタイプの紺色水着だった。

この日が来るまでに、スクール水着以外の水着を持っていない紡希から、新しい水着が欲しい、と散々言われたのだが、俺は露出度の高い紡希を不特定多数の視線に晒《さら》したくないという保護者として当然の観点から、授業で使っている水着を着ていくように説得したのだった。

「……やっぱり、名雲くんの入れ知恵かぁ」

紡希の説得に執心していると、呆れたような高良井の声が飛んでくる。

「紡希ちゃんがかわいそうだよ。名雲くんは知らないだろうけど、更衣室に行くまではキラキラした目をしてたのに、周りの子が可愛い水着に着替えるたびにどんどん不安そうな顔になって、更衣室を出る時はがっくり肩落としちゃってたんだからね？」

なんだァ、他人の家庭に口出ししやがって……と、モンスターペアレントの生霊《いきりょう》を憑《ひょう》依《い》させた俺は不満を募らせながら高良井に視線を合わせるのだが。

　首の筋を痛める勢いで、すぐに逸《そ》らすハメになった。

「……お前、何か勘違いしてないか？」

「えっ？　私何か悪いことした？」

「ここはあくまで泳いで楽しむための場所であって、好き放題露出を楽しむ場所じゃない。TPOをわきまえろ」

「持論ぶっこむなら目ぇ合わせなさいよ」

「そんな卑猥《ひわい》な格好をする人間と目線を同じくするほど、俺はお人好《ひとよ》しじゃない」

「へえ～」

　今にも弱者を蹂躙しそうな勝ち誇った声を出したので、俺は不安になった。

「ねぇ、名雲さぁん」

　突如、さん付けでねっとりと俺を呼ぶ高良井が、ゲスな笑みを浮かべて迫ってくる。気配でわかる。

「もしかして、私の水着姿をガン見できないんじゃない？」

　図星だ。

　高良井は、上も下も露出の多いビキニタイプの白い水着を着ていた。いかにも遊んでいそうな高良井が真っ白な清楚《せいそ》カラーリングを選択したギャップで、俺の臓器はどうにかなりそうだった。

腰は細く、脚は長く、おまけに、思っていたよりずっと胸が大きかった。ちょっとつついただけで、ふよん、と躍動しそうだ。これは予想外の出来事にびっくりしてしまっただけで、水着の高良井《たからい》にドキドキしてしまったわけではないと信じたい。

「何を言ってるんだ？　水着は泳ぐために着るものだ。じろじろ見られるために着るものじゃない。だから俺は見ないだけだ。水着の解釈を履き違えるなよな」

高良井の水着姿に動揺しているのがバレたら絶対にいじられまくるから、俺は必死だった。

「でもさぁ、見られるものでもあるから、いろんな見た目の水着があるんでしょ？」

高良井のくせに、ロジカルに反論してくる。

「私、名雲《なぐも》くんに見せたくてこの水着選んだんだけどなぁ」

ウソをつくんじゃない。

「いつもは黒い水着着てるんだけどー、今日はせっかくだし白の気分かなって」

そんな大一番の試合で黒パンから白パンに替えるようなことしなくていいのに。風にでもなってろ。

「俺に水着を見せたところでどうなるもんでもないだろ。それより、もっと周りを警戒したらどうだ」

「え、なんで？」

「高良井さんはナンパ遭遇率高いだろ、たぶん」

「あれー？　なんすか、心配してくれてるんすか？」

口元を猫みたいにしてすり寄ってくる高良井。揺れた。ちょっと歩いただけなのに……？

「そんな心配なら、ちゃんと『彼氏』が守ってくれるんだよね？」

試すような視線を向けてくる高良井。

紡希《つむぎ》がいる手前、高良井を『彼女ではない』と否定するわけにもいかず、曖昧な返事をするしかなかった。

「……だからって、トラブルに巻き込まれに行くなよな」

「わかってるってー。ちゃんとそういうの逃げ方はわかってるんだから」

ナンパされ慣れているのか、高良井は余裕そうだった。

だいたい、俺に男除《よ》けの役割を求めるのは無謀というものだ。

弱っちい俺では、何の抑止力にもなりやしない。

俺を出し抜けたと思っているのか上機嫌な高良井は、紡希の手を握る。

「紡希ちゃんのために、水着のレンタルしようよ。このままじゃかわいそうでしょ」

「……紡希、スクール水着じゃ嫌か？」

紡希がつまらなそうにしているのを前にして、流石《さすが》に俺も反省していた。

「うん。結愛さんみたいなのがいい」

「いや、高良井さんみたいなのは……」

もう少し大人になってからの方がいいんじゃないかなぁ。

「せっかくだし、紡希ちゃんの好きなようにさせてあげたら？」

高良井が、すすっと回り込んで俺の腕を取る。

「なにかあっても、名雲くんがいるから平気でしょ」

日頃隠された俺の半裸を目の当《ま》たり《あ》にしても、まだそんなことを言うか。

「わかった、紡希、もう好きなの選べ」

俺は折れることにした。

あまりダメダメ言ったら、紡希は抑圧を感じてグレてしまうかもしれない。

そして、これ以上高良井から接近されたら体がもたない。

「やった！　シンにぃ好き！」

「俺も超がつくほど好きだぞ」

俺にがっしりと抱きついてきてくれる紡希。紡希の心が離れない決断をすることができてよかったよ。

「シンにぃ、ちゅき！」

「紡希を騙《かた》る偽者《にせもの》は超がつくほど嫌いだぞ」

「扱い雑ぅ」

それでもなぜか高良井は笑顔を崩さなかった。……怖い。

「シンにぃ〜、どうして結愛さんはシンにぃの『彼女』なのに冷たくするの？」

それまで上機嫌だった紡希の表情が急に険しくなる。

「仲良くなったからって、そういうことしてると結愛さんだってシンにぃのこと見放しちゃうんだからね」

精一杯背伸びをした紡希が、俺の耳をつねる。

「結愛さんに愛想《あいそ》つかされたら、もうシンにぃに彼女なんかできないんだから」

「そ、そんなにもか……？」

紡希には、俺がそこまでモテない男に見えているのだろうか？　そりゃ女子から見てモテるような要素なんて俺にはないけどさ。

「安心して、紡希ちゃん」

高良井が、そっと俺の手を握る。

俺を離すまいとするかのような安心感のある力加減で。

「名雲くんが私にちょっと冷たくするのはそういうプレイだから」

「おい」

お前、プレイだなんだと紡希の前で抜かすなよな……。

「時々ちょっと冷たいことを言われる方がね、『やっぱしゅき！』ってなっちゃうんだよ」

「そうなんだ。ごめんね、シンにぃ。わたし、そういうこと知らなくて」

「紡希～、知らなくていいんだぞ～」

俺は紡希に笑みを向けたまま、高良井と繋《つな》がっている左手に力を入れる。

余計なことを言うなよ、というサインである。

「ほら、名雲くんがこんなにはっきり私と手を繋ぎたいよ～って意思表示してくれてるでしょ？」

「ほんとだ。やっぱり結愛《ゆあ》さんはなんでもわかってるんだね」

高良井が差し出した、俺と重なった両手を見つめて、紡希が瞳を輝かせる。

俺がどう抵抗しようが無駄な感じだな。

もう好きにしてくれ……。

★

行くの嫌だなぁ、面倒くさいなぁ、と思いながら嫌々行ったイベントに限って楽しく、誰よりも堪能《たんのう》してしまうことがある。

今回の俺が、それだった。

紡希や、高良井という『彼女』と一緒のおかげか、周りの陽のオーラを発する者の存在を気にする必要がなくなったのが大きい。

波が人工的に発生するプールで水と戯《たわむ》れたり、ビーチボールをレンタルしてトス合戦をしていると高良井の大きな胸が躍動してボールどころじゃなくなったり、サメのかたちをしたゴムボートをレンタルして流れるプールで遊んでいると途中で紡希が「泳ぎの練習をしたいから」と言って抜け出し、代わりに俺が高良井と一緒にサメにまたがるハメになって、予期せぬ方向に揺れてバランスを崩したせいで高良井を押し倒す姿勢になったものの、不安定なサメの上で姿勢を直すことができないまま衆人環視の中を流されるという恥辱を味わったりした。

そしてとうとう、施設内で一番目立つ存在である、うねうねうねった巨大ウォータースライダーに乗ることになった。

列の順番が回ってくると。

「シンにぃ、一緒に滑ろ」

きらきらした笑顔で、素敵な提案をしてくる紡希。

もちろん俺が断るはずもなく、紡希の後ろにぴったりくっついてウォータースライダーを滑走しようとするのだが。

「私も！」

高良井まで俺の背中に張り付いてきた。両脚が胴締めスリーパーホールドの要領でぴったり俺を挟み込んでいる。

「おま、急にやめろよな……！」

動揺しまくりな俺の声が届く前に、3人の塊となった俺たちは長いスロープを滑り落ちていく。

背中に当たる未知の感触による既知の隆起。俺は立ったまま滑り降りたわけだがちゃんと尻は台に着いていた。

豪快な水しぶきをあげながら、プールへ着地する3人の塊。

「マジでヤバかったねぇ」

髪が顔に張り付くくらいずぶ濡《ぬ》れの高良井は、屈託のない笑みを浮かべながら、俺の腕にぴったりくっついてくる。

ヤバかったのはこっちだ、と反論したかったが、具体的にどうヤバかったのか言いたくなかったから黙るしかない。

「ねー、シンにぃ、今度は二人で滑ってきたら？」

紡希がざぶざぶ水をかき分けてくる。

「だって、これ結愛さんとのデートでもあるわけでしょ？　たまには気を利《き》かせてあげなきゃね」

紡希は、できる女でしょ、とばかりに胸を張る。

そういう気遣い、できればいらなかったかなぁ。

「じゃあ今度は私が前で名雲くんが後ろね」

「あっ、おい紡希が1人ぼっちで待ってる時にさらわれたらどうするんだ」

「わたしなら平気だよ〜。弘樹《ひろき》おじさんに関節の取り方教わってるから」

あの親父《おやじ》、俺の知らない間になんてこと教えてやがるんだ。

「紡希ちゃんなら大丈夫だよ、しっかりしてるもん」

高良井《たからい》は俺を引っ張って、ぐんぐんと列へ向かっていく。

「プールに飛び込んでいく時の衝撃結構あるけど、水着をふっ飛ばされたりするなよな」

「そんな簡単に水着取れないってば」

笑いながら、高良井が言う。

「そんなに心配だったら、名雲《なぐも》くんが後ろから押さえてくれればいいんじゃない？」

「痴漢でアウトだろ。何言ってんだ……」

「セーフでしょ。『彼女』なんだし？」

高良井は俺の腕を抱える。

「名雲くんがしたかったら、もっとすごいことだってさせてあげるんだけどなー」

そういう冗談やめろよな。最近俺いじりが過激になってきてない？

「好きなところ押さえてていいよ？」

こりゃ挑発だな。だが残念だったな。お前の思い通りにはさせないよ、絶対。

「じゃあ首に腕でも絡《から》ませておくよ」

「それじゃ首絞まっちゃうじゃん～」

やたら嬉《うれ》しそうな高良井は、並んでいる最中なのに俺にくっつきまくる。

学校だから、クラスメート男子からの刺すような視線を警戒する必要はないのだが、それでも高良井の美貌は校外でも通用するようで、プールの視線を独り占めするハメになった。

初めは高良井の水着の衝撃で、高良井を見るだけで動揺しっぱなしだったけれど、だんだんと慣れてきた。だからといって、密着されても何も思わない、なんてレベルに到達するほど俺は修行の足りた仙人ではない。

だから、俺たちの順番になった時、俺の前に高良井が座り出した時は困った。

高良井の、積もったばかりの雪みたいに真っ白な背中を前にすると、このままぴったりと背中にくっついたら、大変なことになっている部位が接触しやしないかと心配になる。

「名雲くん、早く早く！」

どれだけ楽しみにしているのか、期待のこもった視線を向けてくる高良井。高校生どころか小学生に戻ってしまったみたいになっている。

あいにく、周りの目を気にする俺は、無言の圧力に弱い。

背後に続く長蛇の列から発せられる、「まだ？」というオーラに耐えきれなかった俺は、止《や》むなく高良井にぴったりくっつく。いくらなんでも、高良井を押し出して一人で送り出しても平気なほど俺は心が冷たくなってはいない。

高良井の背中に胸を押し当てるような姿勢になってしまったので、緊張で心臓をドキドキさせっぱなしなのが聞こえてしまうのではないかと焦《あせ》る。

当の高良井は、特に気にしていないようで、俺の腕を引っ張ると、そのまま自身の胸の下あたりに巻きつけた。

「おい、勝手に」

極度の緊張状態になりながら、俺は言った。

「だって、こうでもしないと名雲くんはいつまで経《た》っても抱きついてくれないじゃん」

言い返せないうち、ウォータースライダーを滑走する。

背中に感じる水流と、前から感じる高良井の感触に挟まれながら、地上に戻ってきた俺たちは、排出されるゴミみたいにプールに放り出された。

「おかげさまで、水着は無事だよ」

盛大にふっ飛ばされた俺と違って、余裕のある高良井が俺のところまでやってくる。

だが、間近で見ると、高良井の頬は赤くなっていた。

「でも、ちょっと背中倒しにくかったね」

高良井の方が恥ずかしそうにしているのを見て、とんでもない迷惑をかけたような気がして、もう高良井の背中に張り付いて滑るような真似《まね》はするまいと思った。

◆3【こんな俺でもやる時はやる】

施設内にあるフードコートで、遅めの昼食を摂《と》ることにした。

水着のままでも飲食できるとあって、多くの利用客がいる。

混雑する中、どうにか座席を確保したあと、高良井がトイレに立った。

注文は高良井が帰ってきてからの方がいいだろう、と俺と紡希《つむぎ》は、施設内のどこで一番エキサイトしたか話し合って時間を潰していたのだが。

高良井はなかなか戻ってこなかった。

「結愛さん、ナンパされちゃってるんじゃない？」

紡希がぽつりとそんなことを言った。

「まあ、あんな格好をしていれば声を掛ける男はいるだろう。こんなに客が大勢いるわけだし」

「シンにぃは、それでいいの？」

「何が？」

「シンにぃ、結愛さんが知らない男の人から声かけられて、嫉妬とかしないの？」

試しに、高良井が知らない男に言い寄られている姿を想像してみた。

高良井が異性から告白されている姿は何度も目にしたことがあるから、別に嫉妬なんかしない。

ただ、高良井は……断る時に甘さがあるというか、『もっと押せばいけんじゃね？』みたいな期待を抱かせてしまうところがあるから、ナンパされていた場合を考えると、ちょっと心配になる。比較的おとなしくて良心的な生徒が在籍している学校内と違って、ここにはどんなヤバいヤツがいるとも限らない。

「……ちょっと、様子を見に行ってくる」

俺は、席を立った。

「わ。流石《さすが》シンにぃ。やっぱり優しいんだよね」

「まーこのままじゃ、紡希がごはんにありつけないからね！」

紡希に褒められたことで、俺の表情筋は緩みまくりだった。

「紡希は、絶対ナンパなんかされないでね？　もし男から声を掛けられたら、いいからね、殺《や》っちゃって。正当防衛成立するからな？」

「シンにぃってば過激なんだ。大丈夫だよ、もしシンにぃ以外の男の人から声かけられても無視しちゃうから」

紡希が不埒《ふらち》な輩《やから》に声を掛けられる前に、高良井を救いに行かなければ。

まあ、ナイトプールみたいにリア充や闇社会のヤバイヤツが大集合する地獄の宴《うたげ》（偏見）と違って、ここは家族連れやお年寄りもいっぱいなピースなプールだし、ナンパなどという下心丸見えな恥ずかしい行為をする輩はいないだろう――

と、高をくくっていたのだが。

トイレ近くの出入り口の端で、目立つ髪色に目立つ水着に目立つ胸の高良井を見つけたものの、高良井はチャラそうな男のグループに囲まれていた。

高良井に怯《おび》えは見えないのだが、つまらなそうに俯《うつむ》いて、ナンパ男の口上を聞き流している。

見たところ高良井を囲んでいるのは大学生っぽくて、特別デカくはないのだが、それでも年上相手となると躊躇《ちゅうちょ》だってしようというもの。

俺はぼっちの陰キャである。その属性を考えれば、こういう時、見知らぬ年上に対して恐れをなして逃げ出すか、足がすくんで傍観するだけ、という展開になるのも自然なことだろう。

「高良井さん、何してるんだよ、遅いから心配しちゃっただろうが」

特に迷うことなく、俺は高良井の前に立つことができた。

「な、名雲くん⁉」

戸惑いと安堵《あんど》が入り混じったような声を上げる高良井。

当然、ナンパ男たちは、「誰だ？」という反応で穏やかではない空気になるのだが、俺に動揺はなかった。

自分よりも年上でちょっと背が高い相手だろうが、別になんとも思わない。

幼い頃、親父のプロレスラー仲間が頻繁に出入りする環境だった都合上、『顔が怖い』『声がデカい』『体がデカい』という、目の前にすると萎縮してしまいそうな属性を持った男には慣れきっている。スクワット千回を準備運動代わりにこなせない程度の体格の一般大学生なんて、恐れる理由にならない。

だからといって、長居をするわけにもいかない。別に俺自身が強いわけではないし、面倒事は避けるに限る。

「ほらほら、紡希も待ってるし早く行くぞ」

俺はさっさと退散するべく、高良井の手を取る。手というか、手首。俺から手を摑《つか》むのはまだまだ恥ずかしかった。

「ごめんなさい、『彼氏』が来ちゃったんで～」

やたらと弾んだ声で、高良井がナンパ男に向かって言い放つ。『彼氏』の部分をやたらと強調していた。

挑発に聞こえそうなことはやめてほしいと思うのだが、まあこの場は、そう言っておいた方がナンパ男も諦めがつくかもしれない。

だが、珍しく俺がイキり散らせるのもここまでだった。

「実は私たち、今日が初デートで」

何故《なぜ》高良井はこの期《ご》に及んで余計なことを喋《しゃべ》ろうとするんだ？

「まだ付き合ったばかりなんですけどー、慎治《しんじ》とはめっちゃ仲いいんですよね。頼もしいし」

なんで俺を名前で呼ぶの。今まで一度たりとも呼んだことないでしょ。おまけに俺の腰に腕を回しやがる。今にもバックドロップを放ちそうな姿勢だが、俺の体の前面に高良井の感触があって恥ずかしすぎる。

「ちょ、高良井、今はそういうのいいから……」

「なんで？　だって付き合ってるんだから、いつくっついたっていいじゃん」

「今はそういうことしてる場合じゃないんだよ」

着衣の密着なら、以前もあった。

けれど今は、俺も高良井もお互いに水着だ。俺からすれば全裸で抱き合っているに等しい。

ナンパ男の前へ飛び出した時は十分冷静だった頭が、ここにきて一気にパニック状態になっていた。

「しょうがないなー。じゃあ手を繋《つな》ぐくらいならいいでしょ？」

「そうしてくれ……そっちの方が気が楽だ」

だが、知らない男たちの前でする恋人繋ぎは、耐性のない俺にとってキスを公開するくらい恥ずかしかった。

「もういいか？　いいよな？」

額と背中から汗がだらだら流れるのを感じる俺は、腕を振って振り切ろうとするのだが。

「やだー。離したくなーい」

えへへ、ととろけ切った顔をする高良井《たからい》がそれを許さず、お互いの手は未《ま》だ繋がったままだった。

「私、慎治とくっついてる時が一番好き」

なんだなんだ、今日の高良井は普段よりずっと頭が悪そうだぞ。

そんな茶番みたいな光景を前にしたナンパ男たちに異変が起きる。

「やべ……なんかオレの方が照れくさくなってきた」

「女とくっつくだけでこれかよ。この初々《ういうい》しさ……なんか忘れてたよ……」

「あの頃のおれ、こんなゲーム感覚で女の子と仲良くなろうだなんて考えてなかったよなあ……」

ナンパ男たちが勝手に悔い改め始めたと思ったら、すごすごと退散していく。

おそらく俺の姿に、自分たちが童貞だった頃を幻視でもしたのだろう。半分バカにされているようであまり納得がいかないが、無事に済んだのなら良しとするしかない。

めちゃくちゃ恥ずかしかったけれど、こうなることを予想していた高良井なりの作戦……だったのだろうか？

「高良井さん、高良井さん、もういなくなったから……」

「なにが？」

「なにが、って。高良井さんをナンパしてた人たちだよ」

「そんな人、いたっけ？」

高良井は、ひなたぼっこをする猫みたいな顔で俺にくっつきっぱなしだった。

これは無理にでも引っ張っていかないとずっとこんな調子だろうな。

「行こう。紡希が腹を空かせてる」

「あ、そうだ。紡希ちゃん。なんか待たせちゃってごめんね」

紡希、と聞いて我に返った高良井を前にして、高良井なりに紡希のことを大事にしているのだ、とわかり、俺は安堵した。

これで紡希のことまで無視して自分の世界に入るようだったら、どうなっていたかわからないもんな。

★

紡希のもとへ戻ると、紡希は腹が減っている怒りを表にすることなく、にっこりした笑みで迎えてくれた。

「結愛《ゆあ》さん、シンにぃ、おかえり〜」

天使の笑みである。無事に帰ってこられてよかった、と心の底から思えた。

だが、高良井が未《いま》だに俺にくっついていたのはまいった。

「ねー、紡希ちゃん、この人なんだと思う？」

「シンにぃがどうしたの？」

「私の彼氏なんだよ〜！」

そう言って高良井は、俺の腕を摑んで自分の肩に回した。

「？　シンにぃは結愛さんと付き合ってるんだから、そうなんじゃないの？」

紡希からすれば、高良井は俺の『彼女』だから、何を今更当たり前なことを言っているんだ、という顔をしていた。

「だよねー、やっぱ彼氏だよねー」

「⁇　シンにぃ、結愛さんどうしちゃったの？」

「いや、俺にもさっぱり……」

「わかった。帰ってくるのちょっと遅かったもんね。シンにぃ、結愛さんとチューしちゃってたんだ。だからこんな嬉《うれ》しそうなんだね」

今にも飛び上がりそうなくらい嬉しそうな顔をして、紡希《つむぎ》が衝撃的な勘違いをする。

「なにもしてないよ。なんでそう思うの……」

「だって結愛さんがメスの顔を」

「そんな汚い言葉使っちゃダメだぞ」

俺は紡希の口を手のひらで覆った。

だんだん紡希の耳年増なところが悪化している気がするな。これは本格的に紡希の交友関係を洗って不純物を取り除くよう動くべきか。

とはいえ、今回ばかりは紡希が勘違いしたって仕方がないかもしれない。

鈍い俺から見ても、高良井は舞い上がっているのだとわかった。

どうも俺は、高良井の中では窮地を救った英雄になっているらしい。

結局ナンパ男たちは悪質な人間ではなかったし、俺がしたことなんてちょっと声をかけただけだ。別にたいしたことなんてしていない。

そもそも高良井クラスの美少女なら、窮地を救ってくれそうな男子なんていくらでもいるだろうから、珍しいことでもなんでもないだろうに、何故こんな反応に？

「ほら、とりあえず俺が荷物見守っておくから、二人で先に好きなモノ買って来いよ」

高良井の過剰反応を不思議に思いながら、腹を空かせている紡希のために昼食にするべく、二人を送り出すのだった。

★

遅めの昼食を取ったあとに少しだけ遊び、夕方に差し掛かる頃にプールを後にした。

俺たちは、乗客がまばらなバスの最後尾に座っていた。

俺の左隣には紡希がいて、右隣には高良井がいる。

「今日は心配かけてごめんね」

ぽつりと、高良井が言った。

流石《さすが》にこの頃になると、例の異常な舞い上がり方は収まっていた。

「気にするなよ。俺は十分に楽しめたから。紡希だって遊び疲れてこのザマだ」

紡希は、俺の左肩にもたれるようにして眠っていた。

「この調子だと今日は夜ふかししそうだな」

「いいなー、私も名雲《なぐも》家で夜ふかししたい」

「じゃあ、来週末にでもまた来ればいいだろ」

紡希も喜ぶだろうな、と思っていると、隣の高良井がやたらとニマニマしていた。

「なんだよ?」

「名雲くん、前はそうやって誘ってくれる感じなかったよね? しかもお泊まりもオーケーとか言っちゃうし」

恥ずかしくなった。

なんだろう、これ、俺が高良井に気を許しちゃってるってこと? 嫌だなぁ。そんなつもりないはずなのに。

「お誘いされちゃったし、今度お泊りセット持って行くね」

「……紡希と仲良くしてくれるのは嬉しいが、そんなにうちがいいか? 高良井さんは友達いっぱいいるだろ。もっとそっちと遊びたいんじゃないの？」

「名雲くんのところは特別なんだよ」

やけに真剣な顔で、高良井が言う。

いったい俺が、どう特別だっていうんだ？

「ナンパされてるとこだって助けてくれたしね」

「たんに声掛けしただけだぞ？」

「『結愛は俺が守る！』って言って飛んできてくれたじゃん」

「発言を捏造《ねつぞう》するなよな」

そんな熱い展開になりそうなことは言ってない。

「あれくらい、高良井さんのためならできるって男子はいくらでもいるだろ」

「いないよ」

突然、時間が止まりそうな強い響きがあった。

「私ってあんまり大事にされないから」

日頃は声に柔らかさがある高良井だけに、その時は妙に乾いた響きがあって、ほぼ無人の車内でどこまでも反響しそうだった。

一瞬、ツッコミ待ちの冗談で言っていると思ったのだが、そんな感じではない真剣な雰囲気は、俺でも感じ取れてしまった。

ここ最近、高良井と関わるようになったとはいえ、俺は高良井のことをあまり知らなかった。

クラスメートになってからの姿しか知らないのだ。

高良井は俺の前では明るいところしか見せなくて、俺もそれが高良井の素なのだと思っていたけれど……本当は、言い出せないような悩みでもあるのだろうか？

「――って言ったら、名雲くんは私のこと心配してくれる？」

打って変わって明るい声で高良井が言う。

「お前……一瞬ガチトーンだったからびっくりしただろうが」

「私ってほら、演技派だから」

「まあ、ある程度キャラ作りしてないとリア充はできないよな」

あいつらはキャラクターに囚《とら》われているところがあるから。誰でも理解できるキャラクターしか演じられないからあいつらは薄っぺらく見えるのである。

「でも、名雲くんを好きなことだけは本当だよ？」

車窓から差し込む夕焼けを背負って、高良井は言った。

「演技派だなー。俺、騙《だま》されたよ」

「本心なのに」

ニヤニヤしながら言われたら、説得力なんて皆無だ。

「ね、今日は助けてもらっちゃったし、代わりに私にできることってなんかない？」

「紡希と遊んでくれるだけで十分だよ」

今日だって、俺と一緒に来ただけだったら、遊び疲れて眠ってしまうくらい楽しむこともなかっただろう。紡希がそこまではしゃげるのも、高良井《たからい》がいるおかげだ。

「ふーん、そ。名雲くんは欲がないね」

欲にまみれた俺に対してそのセリフとは。高良井はまだまだ俺のことをわかっていないようだ。

「名雲くん、これからもよろしくね」

「なんだよ、改まって」

「長い付き合いになったらいいなって思って」

高良井の体がゆっくり傾き、俺の肩に頭がこつんと当たる。

欠けたものが埋まったような、自然な重みがあった。

大事にされていない、という発言のせいで、自分だけ寝ようとするなよな、と撥《は》ね除《の》けるわけにもいかず、目的地にたどり着くまで、俺はされるがままになっていたのだった。

◆4【ハンズフリーにしなくてもヤツの声は響く】

夜。

親父《おやじ》から電話が来た。

『おめぇ、最近どうよ？』

親父は今、遠征先にいるので、そこから電話を掛けてきているのだが、これも親父の習慣だった。高校生になったとはいえ、紡希のこともあるから何かと心配してくれているのだろう。

「大丈夫だよ。親父がいなくても上手《うま》くやってるから」

高良井と関わるようになる前よりも後ろめたさを感じることなく言うことができた。

『なんだぁ。もっと寂しがってくれると思ったんだが』

親父は不服そうでもあり、嬉しそうでもあった。

『おめぇ、楽しそうじゃねぇか？』

「デカいヤツがいないおかげで家を広々使えるからじゃない？」

『電話口とはいえ極《き》めるぞコノヤロ』

親父が笑う。

『ちょっとは心配だったけどよ、その調子じゃ大丈夫そうだな。前よりずっと元気そうだ』

親父にもわかるようだ。

前より元気になった理由であろう高良井のことを話したい気持ちはあるのだが、クラスメートの女子が頻繁に家にやってくる、なんて言えば変な誤解をされそうだから電話口で話す気にはなれなかった。いずれ親父は帰ってくるわけだし、込み入ったことはその時に言えばいい。

「まあ、俺が元気なのを確認するためにさっさと帰ってこいよな」

俺は言った。

親父のイメージでは、きっと俺は紡希を前に四苦八苦していた時のままだ。

あんな親父でも、俺のことを心配してくれているのは確かだから、早いところ安心させたかった。

そうなると高良井のことを話さないといけないんだよな。

茶化されそうだし、恥ずかしいのだが、親父に知っておいてもらいたいという気持ちもある。

『ああ、土産《みやげ》持って帰ってやるから、楽しみに待ってろ』

親父が言った。

親父の遠征土産は楽しみではあるのだが、それより親父が無事に帰ってくるのが楽しみである。

もちろん言わないけどな。

あんまり親父を調子に乗らせるわけにはいかないから。

◆5 【部活憧れをこじらせているから合宿なんて言っているわけじゃないんだよ】

週末がやってきた。

この日は、土日を利用して高良井が泊まりで我が家に来ることになっていた。

とはいえ、単なるお泊り会ではない。

「今日はホラー合宿なんだ」

リビングのソファに座っている高良井に向けて、俺は言った。

「ホラー合宿！」

真っ先に喜んだのは、紡希《つむぎ》だった。

「あれ？　紡希ちゃんはもう知ってるの？」

「そりゃ、我が家の恒例行事だからな」

「ふーん。楽しそうなイベントがあるんだね」

「リビングにお布団《ふとん》敷いてね、オールナイトでホラー映画流すんだよ」

紡希はソファの上で弾んだ。

まあ、オールナイトと言っても、紡希はせいぜい午前二時くらいまでしか起きていられないから、そのくらいの時間で終了するイベントなのだが。

「紡希ちゃんは怖い映画が好きなの？」

「ゾンビならなんでもいけるよ」

「私はどちらかというと血がドバーって出る派手なヤツの方が好きかなー」

どうやら高良井もホラーはイケる口らしい。スプラッタ映画を派手の一言で言い表すとは思っていなかったが。

「ただし、映画の選定は俺がすることとする」

「みんなで選べばいいじゃん。私にも選ばせてよ」

「……紡希に見せることも考えろよ？」

「私がなに選ぶと思ったの？」

「まあ、ここは主宰である俺に任せておけ」

不服そうな高良井を置いて、俺は近所のレンタルビデオ店へ向かうことにする。

俺はアマゾン○ライム会員だから、配信から選んでもいいのだが、近所のレンタルビデオ店は常時一枚百円のセールをやっているし、品揃《ぞろ》えもいいので、ホラー合宿の時はそちらを利用していた。

ツタ○にて、入念な選定を終えて家に戻ると、玄関に立った時点ですでにいい匂いが漂ってくる。

宿泊費代わりに、ということで、夕食づくりは高良井が受け持っていた。

「おかえり～」

キッチンに立つ高良井が振り返る。

「紡希は？」

「真っ先に紡希ちゃんのこと探すんだね。二階にいるよ」

微笑《ほほえ》む高良井は、小皿に盛ったスープをこちらに向ける。

「味見はいらん。高良井さんの料理の腕前は、もうわかってるから」

「名雲《なぐも》くん好みの味になってるかなって思ってー」

「別に俺に合わせなくてもいいんだが」

「いいから、ほら、せっかく合わせたんだし」

やたらグイグイくる高良井の気迫に根負けした俺は、差し出された小皿に口をつけてしまう。

「薄味でしょ？」

「そうだな……ん？」

手にした小皿に、強烈な意味が生まれてしまう。

「……何故《なぜ》味を知ってるんだ？」

恐る恐る、俺は訊《き》いた。

「そりゃ名雲くんより前に味見したからに決まってるでしょ」

何いってんだこいつ、という顔をしていた高良井は、急に口元に指先を当て、にや〜っ、とする。

「まさか名雲くん、まだ間接キスとか気にしちゃってるの？」

「気にするに決まってるだろうが！」

「この前したばっかじゃん」

高良井と関わるようになってから間もない頃に、非常階段で俺の弁当から手製の玉子焼きを箸で食わせてやったことはあるが、語弊を招くような言い方はするなよな。

「一度したらもう気にしないとかそういう問題じゃないんだよ」

相手はあの高良井だ。その辺の女子じゃない。

一度や二度程度間接キスをするくらいで慣れるわけがないだろ。

「ていうか、間接キスよりすごいこといっぱいしてるのにさー、名雲くんのそのぴゅあぴゅあなところはなんなの？」

「てめーこのやろー、バカにしやがってこのやろ」

「してないって。めっちゃかわいいなって思って」

「やっぱりバカにしてるんじゃないか」

まあ、今更高良井相手にムキになったって仕方がない。

確かに、俺たちはもう何度も間接直接問わず肉体接触をしているわけだが、なんかもう俺にとっては高良井から抱きつかれることは刺激が強すぎてファンタジーみたいな出来事だから、間接キスみたいな低刺激な接触の方がずっと緊張させられるんだよな。

だからといって、高良井にくっつかれても無反応でいられるほど慣れたというわけでもないのだが。

「それにさー、この前鍋やったじゃん？　あれだって間接キスみたいなもんでしょ」

数日前にまたまた高良井《たからい》が遊びにきた時、一緒に鍋パーティをやったのだった。

「あれを間接キスと解釈するのか……？」

「だって、私と名雲くんのお箸が同じスープに浸《つ》かって混ざりあったらもうキスみたいなもんだよ。それが私と名雲くんの間接キスだし」

「なんだお前、エターナルみたいに」

「でも黄身を取った白身だけの玉子焼きはちょっとびっくりしちゃったなー」

「ああ、親父に教えてもらったネタ料理のことな」

脂肪が多いから、という理由で黄身を取り除き、白身だけ溶いてつくった玉子焼きは、親父が若い頃に体を絞るために食べていたそうなのだが、『やっぱ脂肪がねぇと技受けられねぇし試合中にガス欠するわ』という理由で封印された経緯がある一品だった。鍋パーティの時、ついでに俺が高良井に振る舞ったのだ。

「ダイエットには使えそうだから、痩せたい時はマネするね」

「別に痩せる必要ないだろ」

言ってから、しまった、セクハラに該当する案件か、と俺は恐れおののいた。

「今の私が好き……と」

「好きとは言ってないだろ。俺の発言を全部都合よく解釈するな」

「キスしたくせにその言い草……私の気持ちをもてあそんで名雲くんは満足なの？」

「キスしたのは高良井さんじゃなくてその小皿な。小皿ちゃんから『あいつマジでクズ』とか訴えられたら土下座でも何でもするけど」

「ふふっ、めっちゃ喋《しゃべ》るじゃん」

「もうずっと前から高良井さんとはめっちゃ喋るだろ……」

「そのわりには、私のこと名前で呼んでくれないよね？」

高良井は、鍋と向き合いながら言う。

正直なところ、俺は高良井を名前呼びにするタイミングを見失っていた。

もはや何度もうちに来る仲だし、今日は泊まりもするしで、名字呼びから変えたっていいと思っているのだが、今のタイミングで変えると、なんだか深い意味が生まれてしまいそうで、躊躇《ちゅうちょ》していた。

「……別に、名前呼びにしなくたって、仲が悪いってことにはならないだろ」

「そーなんだけどさ」

高良井は、鍋をかき混ぜていた手を止める。

「せっかくこれだけ仲良くしてるんだし、他のみんなと違うところもほしいっていうか
ー」

気のせいかもだけど、なんか赤くなってない？

「まー、私なりのちょっとした独占欲っすよ」

いくら最近慣れてきた俺といえど、高良井から俺へのこだわりめいたことを口にされたら、なんとも思わないわけにはいかなくなる。

あまりに文化圏が違う生活をしていたことから完全に異物だった女子から、まさかこんな扱いをされる日が来るとは。

どうしよう、これ、名前で呼んじゃった方がいいタイミングなのかな？

「あっ、シンにぃ帰ってたんだ」

迷っているうちに、リビングへ下りてきた紡希が俺に悪質タックルを決めてきて、俺はタイミングどころか背骨ともさよならをしないといけなくなりそうな危機に見舞われた。

★

夕食を済ませ、せっかくだしということで簡単な勉強会を終わらせたあと、順次入浴することになった。

「順番は紡希と高良井さんで勝手に決めていいぞ。俺はそれに従う」

やっぱりここは女子陣の意見を優先するべきだろう。俺が判断した場合、先に入ろうが後に入ろうが問題が生まれそうな気がした。

「あれ？　三人で一緒に入るんじゃないの？」

そんな狂気の提案をしたのは、お風呂《ふろ》セット一式を抱えた紡希《つむぎ》だった。

「ホラー合宿の時は、いつもシンにぃと一緒にお風呂なのに」

「あっ、こら紡希」

「名雲くん、仲良しなのはいいことだけどさ、シスコンもそこまで来ると……」

高良井が、性犯罪者を見るような視線を向けてくる。

「勘違いしているようだから、ちゃんと説明してやる」

いくらなんでも犯罪者扱いはごめんだ。

「紡希は一人でシャンプーできないんだよ。だから、頭を洗う時だけ俺が入って手伝いをするだけだ。それが終わったらさっさと出ていく。お互い全裸で一緒に入ってるわけじゃない」

「あっ、シンにぃ、一人でシャンプーできないこと言わないでって言ったのに！」

紡希が憤慨する。

紡希は、シャンプーをしている時背後が気になって怖いから、という理由で俺に洗髪役を託していた。紡希はホラー好きだけど、心霊系ホラーが苦手だから、目を瞑《つぶ》った時は背後の気配に敏感になってしまうのだった。

紡希との関係がギクシャクしていた時は、そんな習慣はなかったのだが、高良井が介入して紡希との関係性が改善されて以降、紡希がこっそり告白してくれて、俺が洗髪を手伝うことになった。俺が手伝う以前の紡希は、気に入っているアニソンを大音量で鼻歌で歌うことで恐怖を誤魔化していたらしい。

「高良井と一緒に入るつもりだったのなら、いずれバレることだろ」

「そうじゃなくて～」

どうやら紡希なりに踏み越えてはならない一線だったようで、べそをかきはじめる。

マズい、これじゃ紡希からの信頼がガタ落ちだ、と恐《おそ》れ慄《おのの》いていると。

「紡希ちゃん、大丈夫だよ」

高良井が紡希の頭を撫《な》でると、紡希の涙はすぐに引っ込んだ。

「私も……一人じゃ頭洗えないから！」

「一人暮らししてるヤツが何を言ってるんだ？」

「自分の家だったらぜんぜん平気なんだけどー、人の家じゃダメなんだよね」

なんて理屈だ。そんな無茶が通るはずないだろ。紡希は成績優秀なんだからな。賢いんだ。

「あるよね、そういうの」

無茶に同意する紡希を目の当《ま》たり《あ》にして、ひょっとしたらこの愛する義妹は勉強はできても地頭は良くないのかもしれないと思ってしまった。これは悪いやつに騙《だま》されないように、ますます俺が守ってやらなくてはいけないようだ。

ともあれ、紡希は機嫌を直してくれたみたいだし、紡希と高良井がセットで入浴して、お互いに頭を洗い合えばそれで解決だ。これで俺の出る幕はなくなる。余計な心労を増やさないでくれよな。いい加減、高良井の風呂現場を想像させるような状況に追い込むのはやめてくれ。

「だから今日は、名雲《なぐも》くんに洗ってもらっちゃお」

「シンにぃはシャンプーするの上手なの」

謎論理による結論に、紡希が同意してしまう。

「待て待て待て」

あまりのことに俺の顎は尖《とが》り、ハサミを持ち出して前髪をちょっと切り出した後輩を止める時のような声を出してしまう。

「なんでそこで俺が入ってくるんだ？　いくらなんでもクラスメート女子の風呂現場に突入する気はないからな」

「大丈夫だよ。ちゃんと体にタオル巻くし」

「全然大丈夫な提案じゃないだろ。そっちが良くても俺がダメなんだよ」

「え～、なんなの名雲くん、ひょっとして私の裸見たら照れちゃうとか？」

「当たり前だろ……世の全男子が同じ反応になるに決まってる」

なんでそこで煽《あお》ろうと考えたんだ？

「よかった。名雲くん、女の子に照れる機能ついてたんだ」

「何百世代も前から余裕で搭載されてるわ」

ていうかお前の前でもう何度も照れっ照れになってるでしょうが。

「お風呂楽しみだねー」

高良井は俺を無視して紡希に関心を移していた。

「ねー。シンにぃは自転車の運転とシャンプーだけは得意だから、きっと結愛《ゆあ》さんの頭も気持ちよくなっちゃうよ」

俺を無視して、女子組が二人ではしゃぎだす。

男子が入り込む余地のない、女子だけの空間が醸《かも》し出《だ》されると、もはやどうあっても介入できそうにない。

「……わかったから、風呂入る準備しろよな。俺はもう最後でいいよ」

諦めた俺は、二人にさっさと風呂に入るよう促した。心配なことはすぐ終わらせてしまうに限る。それに、当初紡希が言っていた、三人で風呂に入る、という超絶プレッシャーがかかる提案よりは、シャンプーをするくらいの方がずっと気が楽なわけだし。

ていうか紡希、俺の得意なことがその二つだけって、実質何もできない人間扱いしてない？

高良井と一緒に、着替えを取りに二階へ向かう紡希の背中を眺め、俺は義妹からの評価が改めて気になっていた。

★

俺はとんでもない世界に迷い込んでしまったようだ。

俺の目の前で、風呂用の椅子一脚に二人で腰掛けた美少女が裸のまま背中を向けている。

シャンプーしに来ていいよー、と呼ばれて、足をもつれさせそうになりながら風呂場へ来てみたら、これだ。

特に高良井のことは直視できねえ。

水着姿だって見ているのだから、タオルで被《おお》われた半裸の高良井を前にしてもそうそう動揺はしないだろうと思っていたのだが。

「高良井《たからい》、お前なめてるだろ？」

「なめてないよ？　これで十分じゃん？」

「本気で隠せって言ったよね？　思いっきりか？　それがお前の！」

なんと高良井は、バスタオルで胸元から下半身をすっぽり覆うのではなく、ハンドタオルで胸元を隠すだけでこちらに背中を向けていた。

水着で覆いきれない肌が露出していた時と違って、湿気と汗のせいで肌が湿っているからか、白い肌がぬらぬら光ってやたらと艶《なま》めかしく、異性の全裸を目にしたことがない俺にはあまりに刺激が強すぎる光景だった。こんな時、ラブコメマンガみたいに鼻血が噴出して気絶してくれれば丸く収まりそうだが、あいにく血液は上ではなく下へ集まっていた。

「紡希ちゃんで隠れてるからよくない？」

「よくないよ」

そりゃ紡希と椅子を分け合っている都合上、斜め45度な位置で座っていて、尻の片側同士がぴったりくっついているのだが、もう片方はフリーだから頑張れば見えちゃうからな？　風呂場だから湯気はあるけれど、リアルなこの世界では謎の光線で局部を守っちゃくれないんだぞ。

「紡希は隠す気ゼロだし……」

「だって、シンにぃがシャンプーする時はいつもこうじゃん！」

紡希は、タオルで胸元を隠すこともせず、ノーガード戦法だった。

「名雲くんさー、なんかごちゃごちゃ言ってるけど、そうやって時間稼いでしっかり私たちのこと観察してない？」

「してない。こんなこともあろうかと、俺は今、メガネをしています」

裸眼でも0・6程度の視力がある俺は、学校へ行く時だけコンタクトをしているのだが、家では中学時代に授業中だけ掛けていたメガネを使っていた。

「おかげでレンズが曇っているから、くっきりはっきりは見えない」

尻らしきものがあるな、とわかるだけで、尻のかたちがちゃんとわかるほどは見えない。

それでも俺からすれば刺激的過ぎる光景ではあるが。

「ちゃんと見えるの？」

「頭くらいなら見えるさ」

「なーんだ。つまんないの」

こいつ、自分の体をエンタメ化しようとするなよな。

「つまろうが、つまらなかろうが、どっちでもいい。さっさと終わらせるぞ」

風呂《ふろ》場の暑さと、目の前の刺激的な光景のあわせ技で、俺はすでにフラフラの状態だった。

「目ぇ瞑《つぶ》れ。シャンプーは自分で適量付けろ」

JKとJCの頭を洗ってやる、という正気を疑う現場に終始付き合う気はない。

「いいけど、じゃあタオル押さえててよ。腕上げたらタオル落ちちゃうんだから」

「じゃあそっちは高良井さんが自分で押さえろ。俺がシャンプーをつけるから」

シャンプーが入った容器に手を伸ばそうとすると。

「名雲くん、今の私はもうシャンプーをつける方に頭が切り替わってるから、名雲くんがタオル押さえててくれないと無理っていうか」

「シンにぃ、結愛さんはお客様なんだよ？　ちゃんと言うこと聞いてあげて」

「ああっ、くそ、早くしてくれ！」

紡希《つむぎ》まで加勢に入ってしまったら、抵抗することはできない。それより、さっさと終わらせてほしかった俺は、アクシデントが起きないことを祈りながら高良井の胸に手を伸ばす。

タオルの両端をつまんで、直接胸元に触れないようにして押さえる戦法を取ったのだが、引っ張ることでタオル越しに高良井の胸の感触を味わうことになってしまう。胸もまた脂肪なんだな、ということがわかってしまうくらい、ぷよぷよの胸は弾力があって、普段ぶら下げていることを大変に思うくらいの重さがあった。思わず、いつもご苦労さま、と労《いたわ》ってしまいそうになるくらいだ。

そうして、白い液体で泡まみれになった茶髪と黒髪が目の前に並ぶことになる。

俺は、少しでも早く終わるように、両方の頭に手を伸ばし、同時進行で洗髪することにした。

だが、慣れた紡希はともかく、右手から感じる高良井の頭皮や髪の感触とか、そこから感じる温度は未知のもので、手のひらを走らせているだけで下腹部がバーストしそうになる。俺だってこんな下劣な反応を味わわされるのは嫌だったが、半ば生理現象だから仕方がない、と思うことにする。

「ねー、結愛さん。シンにぃの手って気持ちいいでしょ？」

紡希が高良井に嬉々《きき》として訊《たず》ねる。

「だねー、めっちゃ気持ちよくてクセになるかもー」

高良井も満足しているようだった。喜んでくれるなら、と何故《なぜ》か俺まで満足感が湧いてきてしまう。

「名雲《なぐも》くん、もっと指先でつまむみたいに洗ってくれない？」

「はいはい、もうどうにでもなれ」

「ぬひー、やば、名雲くんの……気持ちよすぎ……なんだけどっ……」

「変な声出すなよな……」

メガネが曇りまくっている今、聴覚がより鋭敏になっているから、とんでもなく卑猥《ひわい》なASMRが再生されてしまうんだが。ていうか、ただ頭洗っているだけなのに息もたえだえ状態になるって、高良井の感覚はどれだけ敏感なんだ。

「よかったー。結愛《ゆあ》さんが気持ちよさそうで、わたしも嬉《うれ》しいよ。シンにぃで気持ちよくなった人同士、もっと仲良くなれちゃうよねー」

高良井の隣で紡希が無邪気に笑う。まあ、なんだ、もう何も言うまい。

同級生美少女と義妹美少女の頭を風呂場に突入して洗う、という嬉し恥《は》ずかしな修行を終えた俺は、フラフラになりながら脱衣所を後にし、リビングのソファへ倒れ込むのだった。

◆6【画面の向こうよりエキサイティングな布団の上】

最後に俺が入浴を終えると、風呂上《ふろあ》がりの女子二人が待っていた。

高良井は、ぴったり気味な白いTシャツに、丈の短い灰色のショートパンツを穿《は》いて、惜しげもなく長く白い脚を見せびらかすような格好をしていた。高良井の風呂上がりの姿を見るのは初めてではないが、あの時は上下ともに親父《おやじ》グッズのスウェットで武装していたから色気なんてゼロだったのだが、今は違う。目のやり場に困る。

一方の紡希は、紺色のパジャマ姿で、俺からすれば見慣れた格好なのだが、上着の下は何も着ていないようでボタンの隙間からちらちらと肌が見えてしまうのはどうしたものか。

リビングにある大型テレビの前には、二人分の布団《ふとん》が敷いてあった。あいにく、俺も紡希も普段はベッドを使っていて、ホラー映画合宿の時しか布団は使わないから、予備として押入れにしまっている分はこれしかないのだった。

当然、二人分の布団を三人で使うわけにはいかない。

「じゃあ俺はソファ使うから。枕は部屋から持ってきてるし」

当たり前だよな。女子の布団に男が潜りこむわけにはいかない。

だが、当たり前が通用しない人間がこの場にいた。

高良井である。

「ダメだよー、一人だけソファなんか使ったら。名雲くんはここ」

高良井は、二つの布団の中央を指差す。

「そこなら、私と紡希ちゃんの間だし」

一方の紡希は、早速右隣の布団を確保して、ごろごろしていた。

「いやおかしいでしょ。だいたいそこ、布団と布団の境目だからすげぇ寝にくいし」

「じゃあ私のとこ寄っていいよ？」

「寄るかよ」

「んもう。どうしてそんな嫌がるの？」

「いくらなんでもクラスメートと同じ布団はマズいってわかるだろ？」

「えー、どこが？　名雲くんの考えすぎじゃない？」

高良井《たからい》のやつ、まーたキツネみたいに目を細めて悪巧みモードに入りやがる。

「私の裸見たくせになにを今更～」

「見たんじゃない。見せられたようなもんだろ」

「シンにぃ、結愛さんは『彼女』なんでしょ？　一緒の布団で寝るくらい普通なんじゃないの？」

紡希の無垢《むく》な視線が突き刺さる。

紡希は、高良井が俺の『彼女』と信じている。

いい加減種明かししても良さそうなものだが、紡希にはまだまだ名雲家の常連客である高良井が必要だ。ここでもし、『ただのクラスメートである』という不安定な関係性を正直に告白してしまったら、高良井が来なくなってしまう可能性を考えた紡希が不安になるかもしれない。

高良井との恋人設定を、紡希の前では徹底しないといけない都合上、俺はもはや受け入れるしかなかった。

「……わかった。俺、この狭間《はざま》の領域で眠ることにするな」

観念した俺は、布団同士の境目に腰掛ける。

「名雲くん、いつでもこっちに来ていいからね？」

左隣の布団で、高良井は足を伸ばしてリラックスモードだった。

「シンにぃ。今日だけは、隣でなにが起こってもわたしは見てないし聞いてないからね？」

紡希は、わかってますよ、という顔で親指を向ける。

「紡希、その気遣いはどういう意味なの？　いや、言わなくていいけど」

相変わらず耳年増疑惑のある紡希を前に軽く戦慄してしまう。

「では……ホラー映画合宿を始めちゃうよ」

大仰な仕草で紡希が言って、テレビと繋《つな》いだブルーレイドライブ付きのノートパソコンにディスクをセットし始める。

そうして、初めてゲストを招いた、ただ夜通しホラー映画を見るだけのイベントが始まるのだった。

★

張り切って合宿の開会を宣言した紡希だったのだが、二本目の半ばを過ぎたあたりで、糸が切れたみたいにこてんと眠ってしまった。

今日は高良井が泊まるということで、合宿が開催される前からはしゃぎすぎていたからな。疲れてしまったのだろう。映画鑑賞仕様にするために部屋を暗くしていたせいもあるのかもしれない。

俺は、転がったままの紡希をお姫様抱っこ風に抱え、布団に寝かしつけ直す。

「どうするの、これ。もうお開きにしちゃう？」

俺の肩に手をかけて紡希を覗《のぞ》き込みながら、高良井が言う。

「とりあえず、今観《み》ているヤツは最後まで完走しておこう。紡希の教育上よろしくないシーンがあるかどうかの検閲も兼ねてな」

一週間レンタルで借りてきたから、紡希が続きを観たいと言い出すまで余裕がある。

高良井は言葉にこそ出さなかったけれど、『シスコンだなぁ』という顔をする。

「まだ一時かー」

スマホを片手に、高良井が言う。

「なんだ。その言い草だと、高良井さんは休日は夜ふかしする派なのか？」

「割とするよ。日曜日に予定入れてない時は、夜ふかしして昼頃までゴロゴロしてる時もあるくらいだし」

「確か明日は、友達と遊びに行く予定あるって言ってただろ？」

「そうそう。でも昼過ぎからだから、一旦帰って着替える余裕はあるよ」

高良井は、ノートパソコンのそばにあったツタ〇の袋を漁《あさ》り。

「だからもう一本、二人きりでどう？」

ドヤ顔でディスクが入ったケースを一枚抜き取る。

この状態で別の作品を観るのは、紡希抜きで映画合宿を続行するようで気が引けるのだが、主宰として、ゲストに物足りなさを感じさせたまま終わらせたくない思いもあった。

「確か、九十分くらいの短いヤツを一本選んできたはず。それで最後にしよう。それなら高良井さんも明日睡眠不足で友達と遊ぶ時に困ることないだろうし」

「めっちゃ優しいじゃん」

「一応、お客だからな。俺だって最低限の配慮くらいするさ」

「そういうとこだぞ。冷たいフリして優しいんだから」

高良井は実に嬉しそうに、むふーん、と鼻息を出しながら俺の額をつんつんしてくる。

そんな喜ぶほどの優しさを発揮しただろうか？

寝ている紡希《つむぎ》を起こさないように、最低限の音量に設定し、この日最後の一作の上映会が始まった。

見ている映画がホラーとはいえ、暗闇で二人でいると落ち着かない気分になる。紡希が眠ってしまった都合上、高良井と二人で一つの布団を分け合っているような状態になっているわけだし。漂う甘い美少女スメルが俺の判断力を壊滅状態に追い込みそうだった。

「なんか、こどもが寝ちゃったあとで二人の時間を過ごす夫婦みたいで興奮するね」

「物心ついた時から親父しかいないから、俺にはわからないたとえだな」

あと、興奮はするな。俺の精神が保たないから。

「……あ、ごめん」

高良井はしゅんとし始める。

「いや、謝らなくていいって。高良井さんには、親が離婚してるって言ってなかったんだし。そもそも俺、一人親なこと別に気にしてないから」

　高良井らしからぬ落ち込みっぷりを前にして、俺は慌てた。

　俺は、紡希の母親の話はしていながら、自分の母親の話は一度もしたことがなかった。ただ、俺にとって母親の存在はもはや過去のことだ。親なんて、あのうるさい親父がいるだけで十分だ。

　こんな時に湿っぽい雰囲気になるのも嫌だし、この話題は終わらせて映画に集中し直そうとしたのだが。

「そういえば私も、お父さんとお母さんが二人で仲良くしてるとこ見たことなかったなー」

　画面を見つめながら、高良井がぽつりと言った。

「出かける時も、お父さんかお母さんのどっちかと一緒って感じで。家族三人揃《そろ》って、なんてことなかったしね」

　そんな、口にするだけで辛《つら》そうなことを言い出したのも、一人親の俺を気遣ってのことかもしれない。両親が揃っていても問題はあるから気にしないで、と言いたいのだろう。

　俺が不用意な返事をしたせいで、高良井に言わなくていいことを言わせてしまった。

　高良井の家庭のことは、ほんの少ししか知らない。

ずっと、どんな思いで過ごしてきたのかっていうことだって。

「……俺の母親は、俺が五歳くらいの時にはもういなかったんだ」

俺は、高良井の悲しさを少しでも打ち消せるような話を提供することにした。

高良井が自分の家の事情を話してくれたのだから、俺からの情報は一切ナシというわけにはいかないだろう。

それだけ、今の高良井とは関わりがあるのだから。

「昔、若い頃に、何の気の迷いか親父《おやじ》が映画の主演をやったことがあって、その時に共演したアイドルっていうか女優が俺の母親らしい」

あくまで、テレビから目を離さず、俺は続けた。

「でも結婚生活は上手《うま》くいかなかったみたいでな。親父は親父で、プロレスラーとしてトップになりたかったわけで、母親は母親で、女優としてはまだ売り出し中で、成功したかったらしいから、そりゃ上手くいかないよな。家庭より仕事っていう上昇志向が強すぎて、結婚には早かったんだろうな」

お互いにそういう事情はわかっていただろうに、どうしてそれでも結婚したのか俺にはわからないが。たぶん、いずれどちらかが引いてくれるとでも思っていたのだろう。

「そういうチキンレースから先に退却したのは母親で、俺が知らない間に突然家からいなくなった。親父からは、撮影が忙しくてしばらく別のところに住むことになったんだ、とは聞かされていたが、案の定離婚だったわけだ」

　高良井はずっと黙っているけれど、俺の話を聞いてくれているのはわかった。視線がこっちに向かったまま微動だにしなかったから。たまには逸《そ》らせ。プレッシャーだろうが。

「ちなみに俺は、両親が離婚したことを○スポで知った」

　幼い頃、親父と一緒に出かけた時に、駅の売店で売ってる東ス○の見出しに、『絶対王者名雲《なぐも》、結婚生活に壮絶フォール負け！』と書いてあるのを見かけ、親父に問い詰めて判明した。

「名雲くん、なんかめっちゃ大変だったんだね……」

　高良井の声は震えていた。鼻をすする音まで聞こえる。

　マズい。俺は同情されたくてこんなことを話したわけじゃない。高良井が自身の境遇を気にしないで済むために話したのだ。

　母親のことは、俺からすればもはや過去なわけで、今だに引きずっていると思われるのは嫌だった。

　それに、両親の離婚は、悪いことばかりではなかった。

　一人になった俺のために、親父が家庭にもちゃんと目を向けるようになったからだ。

正直、昔のままの親父だったら今みたいに仲良くなれたかどうかわからない。元々、陽キャな親父と陰キャな息子という、正反対な二人だ。いくら血の繋がりがあるとはいえ、親父が心を入れ替えなかったら、友達みたいに仲良くはできなかっただろう。

「つまり俺が何を言いたいかって言うと……」

この手の話をするのは、不幸自慢をするみたいで苦手だった。

「家族のことで面倒があるのは俺も同じだからってことで……」

上手く言えなかった。

俺は、親父とは関係良好なわけで、そこが高良井《たからい》とは違うところだから、『一緒にするな』と怒らせてしまう危険がある。

「だから、高良井は一人じゃないってことを言いたくて……」

もっと誤解を招かないような言い方はないかと、眠気により鈍くなりつつあった頭をフル回転させた結果。

「俺は、ほら、高良井さんのお父さんだから……！」

自分でも何を言っているのかわからない、珍妙な発言が飛び出した。

今日ほど、消えてなくなってしまいたい、と思ったことはなかったよ。

今すぐ、画面の向こうで惨殺《ざんさつ》されている登場人物と入れ替わりたいくらいだった。

高良井は、笑った。けれど、笑ってくれてよかった。

紡希が寝ていることを気にしているのか、笑いを押し殺すように、高良井はとうとう腹を抱えてうずくまってしまった。

「いやこれは、これからは俺が高良井さんをちゃんと見守るっていうか、上から目線で偉そうなこと言う気はないんだが……こう、帰る場所っていうの？　そういうのになれたらなっていう意味で」

しどろもどろな俺では、もはや高良井に本意を伝えることは不可能かもしれない。

けれど高良井は、体を起こすと。

「わかってるよ」

と言って、もうだいじょうぶだから、とばかりに俺の唇に指先を当てた。

「じゃあこれからもよろしくね、慎治《しんじ》パパ？」

高良井は、腕同士が密着するくらいぴったりくっついてくる。

「パパ相手だったらこれくらい普通でしょ？」

とうとう俺の肩に頭を寄せてくる。

「別の意味のパパに聞こえるんだが」

あまりの柔らかさと、同じシャンプーのはずなのにやたら爽やかに香る髪と、横で紡希が寝ていることで謎の背徳感が湧いてきて、俺の意識は飛びそうになった。

だが、俺は高良井を一人にさせたくないとも思っているわけで、ここで振りほどくという選択肢はないのだ。

「名雲くんが私のパパなら、私は名雲くんのママってことね」

「その理屈はおかしいだろ」

「これでおあいこになるじゃん」

どうおあいこなのかわからないが、これはこれで、高良井なりに俺を心配してくれているのかもしれない。

高良井が善意でやってくれていることだ。どうにか映画に意識を集中させ、下心に傾きそうになる気持ちを浄化しなければ。

だというのに。

「ね、名雲くん。もし寂しくなってたら私のこと抱きしめてもいいよ？」

画面ではスプラッタな惨殺シーンが繰り広げられている最中、耳を疑うようなことを言ってきた。

ちょうど金髪リア充キャラの悲鳴に声が紛れたせいで、聞き間違いかと思ったのだが、両手を広げて待っているところを見ると、聞き間違いではないらしい。

「……俺は、寂しくないから平気だよ。気持ちだけ受け取っておくわ、ありがとな」

これ以上近寄られたらマズい、という気持ちが強くて、俺は平静を装《よそお》いつつ断る。

「遠慮しなくていいのにー。じゃ、こうしよう」

何故《なぜ》かやたらと食い下がってくる高良井は、一旦俺から離れると、足元にあった薄手の上掛けを体に巻きつけ、みのむしになった。

「これなら直接体には当たらないから、名雲くんだって恥ずかしくないでしょ？」

直接だろうが間接だろうが、恥ずかしいものは恥ずかしい。

たぶんこれ、寂しがっているのは高良井の方だ。

だとしたら……俺はここで高良井を抱きしめないといけないのかもしれない。

「……少しだけならな」

俺は高良井に向けて腕を伸ばす。

俺の手が届く前に、みのむしになった高良井の方からこちらに寄りかかってきた。

わりと勢いがついていたので、俺は巻き込まれるかたちで倒れ込むことになる。その瞬間にいっそう高良井が距離を詰めてくるので、上掛けが間に入っているとはいえ、ぴったり体が重なるかたちになってしまう。

直接触れるわけじゃないからいいだろう、と俺の側にも気の緩みがあって、高良井を抱える腕に力が入っていることに我ながらびっくりしてしまった。

みのむしになっていて感触がわかりにくいから平気、というのは高良井の言い分だが、むきだしになった頭は俺の鼻先のすぐ近くにあって、俺はもう何も考えられなくなりそうだった。

「ねぇ、名雲くん」

「な、なんだ？」

甘えるような声のせいで、俺の声が裏返った。この状況でそれはマズい。

「いつになったら私のこと名前で呼んでくれるの？」

高良井の視線がこちらに向かう。

唯一の光源であるテレビが放つ青白い光を、黒い瞳が反射していた。

「いや、そのうち……」

この状況で呼べというのも、俺からすればハードルが高いことだったのだが。

「今、呼んで」

高良井がぐりぐりとこちらに進んでくる。俺に体をこすりつけるような状況になっていた。

考えてみれば、高良井と関わるようになってもう結構経《た》つ。非常階段で出くわした時には、まだ制服は冬服のままだった。

俺もまた、どこかで機会をうかがっていたのかもしれない。

これだけ関わっていて、何の変化もないのでは、それはそれで寂しいことだ。

覚悟を決めて、深く息を吸い込んだ俺は。

「……ゆ、結愛《ゆあ》？」

たった二文字なのに声が裏返るってどれだけ耐性がないのだろう。

「なぁに、慎治？」

高良井……いや、結愛の唇が俺の名前を震わせた時、不覚にも胸がきゅんきゅんして、
この人をこれから大事にしないといけないな、なんて余計な愛着まで生まれてしまった。

「これで、満足か？」

「名前で呼ばれただけじゃあ満足できないよ」

まだ不満らしい。

「もっと、ぎゅっとして」

どこかからかうような雰囲気があったこれまでと違って、声色がはっきりと懇願するものに変わっていた。

やっぱり、寂しがっているのは高良井……いや、結愛の方だ。

結愛が抱える家族の問題は、相当根深いに違いない。

俺には一人親とはいえ、悪友みたいな親父がいたおかげで楽しくやれているが、結愛には身内にそういう存在がいなかったのだろう。

「大丈夫だよ」

俺は結愛を抱き直して、言った。

「ここには、俺も紡希《つむぎ》もいるし、今度親父《おやじ》にも会わせるから。……結愛が寂しくなったら、いつでもここに来ればいい」

「ほんと?」

高良井がこちらを見上げる。澄んだ瞳が潤んでいた。

「ああ。なんだったら、合鍵渡したっていいし」

俺からすれば思い切ったことだが、言ってしまったことは仕方がない。

「それは、いくらなんでももらいすぎな気がするけど」

「いいよ、遠慮するなよ。らしくないな。いつもみたいなジャイアニズムはどうした」

「慎治の私のイメージってどんなのよ」

結愛は、俺の腕の中でくすくすと笑った。

「ありがと。もうだいじょうぶ」

結愛は微笑《ほほえ》んだ。

「なんか、めっちゃ恥ずかしいこと言って困らせてごめんね」

「いいって。夜中だったら、まあ変なノリになることもあるだろ」

「そうだね」

あくびをする結愛の目の端に、涙のしずくが浮かんだ。

「ごめん、安心したら眠気に限界きちゃったかも」

「じゃあ今日はこの辺にしておくか」

俺は結愛から離れると、オレンジ色の電球を灯《とも》してから、映画を止めてディスクをケースに戻した。

「コンタクト外してくる」

そう言って洗面所へ向かった結愛が戻ってくると、結愛は両手で顔を覆いながら布団《ふとん》へ潜り込んだ。

「どうした？」

「すっぴんだから」

コンタクトを外すついでに、洗面所で顔を洗ってきたのだろう。

「さっきまでは軽くメイクしてたんだよね」

そういえば、風呂《ふろ》上がりなわりには、普段教室で顔を合わせる時とあまり変わらない顔つきだったな。

「……結愛のすっぴんってどんなの？」

失礼かもしれない、と思いながらも、俺は聞いてしまった。

ほんの少し前までぴったり密着していたことで、結愛への距離感がずっと近くなっていたのだ。

「……笑ったり嫌ったりしないなら、見せてもいいけど」

「しないしない」

「じゃあ最初に、『なーんだ結愛は元々かわいいんじゃないか』って言って」

面倒くさい条件を出してくるのだが、今はそんな面倒臭さに人間味があって、可愛《かわい》らしく思えた。

「なーんだ結愛は元々かわいいんじゃないか」

「棒読みっぽくない？」

「女子に『かわいい』って言うのが恥ずかしいだけだ。俺なりに精一杯勇気出したんだからな」

結愛は納得してくれたのか、覆っていた手のひらを下ろし、ノーメイクな顔を向けてくる。

素顔の結愛の顔立ちは、教室で見かける時のような派手さはなく、少しだけ幼くなって見えたけれど、そんな素朴な姿は、よそ行きの姿として築いていた隔たりを取っ払ってくれたように見えて、いっそう親しみが湧いてしまった。

「いつもより守ってあげたくなる感強い顔になるな」

「それは、喜んでいいの？」

「あたりまえだろ。俺なりの褒め言葉だ」

「そ。すっぴんを笑わないで褒めてくれてありがと」

結愛は満足げに微笑むと、枕に頭をつけた。

「さすがに眠いし、もう寝るね」

「ああ、おやすみ」

「おやすみ、慎治《しんじ》……あ、一コだけいい？」

なんだろう、と思っていると、結愛が左手を差し出してきた。

「せっかく隣だし、手ぇ繋《つな》いでて」

「ホラー映画見て怖くなるなんて、紡希と同じだな」

「違うよ、ばか」

いつもより幼い顔で笑みを崩さない結愛は、手のひらをひょこひょこ動かす。俺は電気を消してから、そこに右手を重ねた。

紡希を理解するべく異性慣れするため、という名目で、結愛の手を握るところから始まったこの謎特訓も、巡り巡って最初に戻ってきたわけだ。

けれど、以前と違って、まるでそこにあるのがずっと前から当たり前だったみたいに、結愛の手のひらはよく馴染《なじ》んだ。

「今日は楽しかったよ、ありがと」

ほとんど眠りに落ちかけている結愛が言った。

「結愛がその気なら、こんなイベントは毎日のようにやれるんだぞ？」

「毎日かぁ、めっちゃ楽しみ……」

そこから結愛の言葉が続くことなく、穏やかな寝息が聞こえてきた。

夜明けまでのほんの一時なのに、結愛と話せないことが妙に寂しかった。

さっさと朝が来ればいいのに、と思ってしまうくらい、俺は朝を待ち遠しく感じてしまうのだった。

■第四章【鍵】

◆1【うちの義妹は想像力逞しい】

ホラー合宿を行った土日明けの月曜日の朝。

「そっか。今日は結愛《ゆあ》さんいないんだっけ……」

リビングに下りてきた紡希が、寂しそうに呟《つぶや》く。

昨日の朝にはまだ結愛がいたからな。

物足りない顔をしながら食卓についた紡希は、目の前に出されたトーストにつまらなそうにバターを塗っていたのだが。

「シンにぃも、結愛さんがいなくて寂しいよね？」

何か含みがありそうな、どこぞの誰かさんそっくりな笑みを浮かべる。

「確かに騒々しいやつがいなくなると寂しくはあるけど、俺としてはそのニヤニヤの方が気になっちゃうな」

まさか一晩過ごすだけで結愛の表情が伝染するとは。

「だってシンにぃ、わたしが寝てる間に結愛さんとえっちなことするくらい仲良くなっちゃったんでしょ？」

色気より食い気という感じでパンを頬張りながら、まったくの素の表情で衝撃的な発言をぶっこんでくるので、俺は飲んでいた牛乳を鼻から噴き出しそうになった。

まさか、紡希に見られていたのか……？

結愛とのアレは、結愛の寂しさを少しでも和らげられたら、という気持ちから起きた純粋な行為のはずで、決してエロ目的ではないはずなのだが、傍《はた》から見ればエロいことに見えなくもない。

紡希の情操教育に悪影響を及ぼしていないか心配になった。

「なんでそんな勘違いを？」

動揺を鋼鉄の意志で抑えながら、俺は紡希に問う。

「朝になったら急に名前呼びになってるんだもん。なんかあったんだろーなって」

紡希的には、名前呼びに変化したら即《すなわ》ちエロいことをした、という認識らしい。

ということは、別に現場を目にしたわけではないということか。

「紡希は結愛に変な影響を受け過ぎだ。これまで色々世話になってるのに名字呼びなのもよそよそしいって思ったから、変えただけだよ。それだけのことだ」

「隠さなくていいのになぁ」

紡希《つむぎ》は嬉《うれ》しそうな顔で、グラスに入った牛乳をすする。

「想像力豊かな紡希には悪いけど、本当に別に何もなかったよ」

まあ、結愛がこれからも我が家へ来てくれる可能性がグッと上がったけれど。

「一緒のお布団で寝てたのに。シンにぃったら臆病者なんだ」

「紡希。そういう据え膳食わねば〜みたいな考えは、女性を男の歪《ゆが》んだ価値観の食い物にするみたいで俺は賛成できないな。臆病じゃなくて、大事な人だからこそ相手を尊重して大切にしたいだけなんだよね」

紡希から臆病者扱いされたことを否定したい一心で心にもない理屈をこねくり回した。

「シンにぃ、結愛さんを『大事な人』って言ったね？」

「言葉の綾《あや》だよ」

突っつくな。恥ずかしいな……。

まあ、大事な人には違いない。紡希には優しくしてくれるし、俺に対してもそうだし、不仲な両親の下にいると知ったことで、大切にしなければいけないという気持ちはとても強くなっているのだから。

「でもさぁ、仲がいいことを隠さなくていいでしょ」

「そうかもな……」

恥ずかしさを誤魔化す理由で否定するような言動を取ってばかりいるのは、結愛に悪い。

それに、紡希はまだ俺たちを恋人同士と勘違いしているから、疑いを持たせるようなことはしたくない。

「わたし、結愛さんと一緒にいる時のシンにぃも好きだよ」

突然の告白に、『お、おう……』などともじもじしながら返事をすると、再び紡希から結愛そっくりなニヤニヤ笑いを向けられて、もはや俺は紡希にすら主導権を握られているのかもしれないと感じるのだった。

◆2 【特別な感じと新ステージ】

名雲《なぐも》家で一夜を過ごして以降の結愛と、初めて学校で会うことになる。

名前呼びになろうが、俺たちは相変わらず学校では知らない人同士のフリをしていた。

教室のいつもの席で、勉強をしつつも時折結愛の姿を目で追う。

この日も結愛は、いつものベランダにいて友達と談笑していた。

だが、学校内では友達いっぱいのリア充なのに、両親と不仲なことから「家族」という枠組みの中ではぼっちになってしまう、ということを知った今、違う印象を持つようになった。

教室内に限ったこととはいえ、結愛と関わりないフリをするのは結愛を傷つけることになるのでは？

俺たちは恋人同士ではないが、たぶん友達よりはちょっとだけ親しい仲だ。

結愛からすれば、たとえ教室内でのことだろうと、他人のフリをされることに寂しさを感じてしまうかもしれない。

寂しがりなところを知ってしまった後なだけに、余計にそう思った。

★

昼休みになり、いつものように非常階段へ向かおうとしたのだが、結愛からＭＩＮＥが来た。

【今日は昼休みに告白される心配ないから、非常階段じゃなくても平気だから】

【屋上にしようよ】

【とある筋から、こっそり入る方法入手しちゃったんだよね～】

などと送ってきたので、俺としては人目につかないところであればどこだっていいから、結愛の提案に乗ることにした。まあ、とある筋、がなんなのかは気になるけれど。

結愛は未《いま》だに告白で呼び出されているのだが、流石《さすが》に玉砕する人間も数多くなり、リピーターも減っているらしいので、最近はゆっくり昼休みを過ごせる機会が増えているようだ。

ただ、俺からすれば結愛と二人きりで昼休みを過ごせる口実が減ってしまうわけで、ちょっと残念ではあるのだが。

西校舎の三階の階段から上っていける屋上は、普段は階段の前に立て看板が置いてあって立入禁止になっている。

優等生な俺としては、学校のルールに違反するのは度胸が必要だったが、このフロアには後輩の一年しかいないことと、結愛との付き合いで冒険心が強くなったせいかあっさり立て看板の守りを乗り越えることができた。

屋上前の踊り場で待つと、結愛がやってくる。購買で買った印である紙袋を持参していた。

扉には鍵がかかっているので、どうするのかと思って黙って見ていたのだが、結愛はあっさり鍵を使って開けた。

「その鍵、どこから？」

「鍵の人と知り合いになって借りたの。ちょっとお話して、『鍵貸して』って言ったら、はい、って」

鍵の人ってなんだよ、と思ったのだが、鍵を管理している役割の人だろう。鍵を貸してくれるくらい仲良いなら名前くらい覚えてやれよな。

一体どんな話術を使ったのか知らないが、まさか屋上の鍵を入手してしまうとは。

「これからは、非常階段だけじゃなくてここも使えるね」

「大事にならないうちに鍵は返せよな……」

結愛に続いて屋上に足を踏み入れると、どこまでも続くまっさらな青空に包まれた、開放感に溢《あふ》れる空間が現れた。

高校に限らず、学校の屋上なんて来るのは初めてだ。まず閉鎖されているからな。

誰も足を踏み入れない場所の割には綺麗《きれい》に整備されていて、地面の継ぎ目はひび割れも雑草が生えていることもなかった。

俺の身長の倍以上ありそうな高いフェンスの縁の部分が、ベンチとそう変わらないレベルで突き出ていたので、俺たちはそこに腰掛けた。結愛が定位置である俺の隣に座り込み、いつもと変わらない昼休みになる。

「今朝、紡希にとんでもない誤解されたぞ」

校舎近くの町並みが広がる風景を背にした俺は、白米を口に含みながら言った。

「どんな？」

結愛が言う。俺にぴったり寄り添っていた。先週よりずっと距離が近い気がする。

「結愛を名前呼びに変えたってだけで、なんかエロいことがあったと勘違いしてたんだ」

「紡希ちゃんは鋭いねー」

購買では一番人気と噂《うわさ》のコロッケパンをかじる口元を手で隠しながら、結愛は笑った。

「鋭くないだろ。まったくの見当外れだ」

お前は何を言ってるんだ、という顔を向けてやる。

「でもさー、紡希ちゃんが目ぇ覚ました時に、『恋人』の二人が同じ布団《ふとん》でぴったり体くっつけちゃってたら普通になんかあったって思うでしょ」

「それは……。結愛のせいだからな、俺は悪くないぞ」

俺たちの間に朝チュン的な事実は何もない。

結愛は思いのほか寝相が悪く、同じ場所でじっと寝ていられないようで、やたらと寝返りを打っては俺のところまで転がってきた。それだけならまだしも、寝ながら胸に逆水平チョップを食らわせてきたのには参った。おかげで俺は、結愛の左腕を抱かないと安眠できなかった。結果的に、結愛《ゆあ》が言ったような体勢で朝を迎えるハメになったわけだ。

「結愛の寝相が悪いせいで胸に紅葉《もみじ》ができたんだからな」

「だからそのことはごめんってば〜」

流石に悪いと思っているらしく、この話題を出すと結愛は露骨にうろたえる。

何かと俺に対して主導権を握る結愛だが、寝相について触れると毎回同じ反応をするのが新鮮で、もう何度も言っていた。俺が結愛をいじれる数少ない瞬間だからな。

「……私、自分があんな寝相悪いなんて知らなかったんだもん」

まあ誰かから指摘されない限り、わからないよな。

そして、今まで寝相の悪さを指摘されたことがない、という情報だけで嬉しくなる気持ちを抑えられない自分がちょっとキモかった。

「もう私、慎治《しんじ》以外の人とは一緒に寝ないようにする」

決意を込めた瞳は、今にも光り輝きそうだ。

「そうしてくれ。被害者は俺だけでいい」

「なにニヤニヤしてんの〜」

結愛から頬を指で押された。

確かにニヤニヤしていたかもしれないけどさ。

たぶん、それ以上に結愛はニッコニコだったんだよな。

そんな反応をされると、嬉しさより照れくささの方が勝ってしまう。

「なんかさー、こういうのあれだよね、ほらー、あれよ」

「なんだよ、はっきりしないな。結愛らしくない」

「紡希ちゃんが言ってたみたいに、ホントになんかしちゃった感じがするね」

囁《ささや》くような声が、耳の中で反響した。

俺は結愛の顔を直視できなくなる。

今、この至近距離で結愛の顔を見たらどうなってしまうかわからない。

ひたすら俺が勘違いしているだけで、結愛はあくまで俺を『親しい友だち』と認識している可能性はまだ残っているし、思い切ったことをするわけにはいかない。勘違いで傷つけたくはなかったし、傷つきたくもなかった。今は今で、俺は満足しているのだから。

「結愛は本当に性の変態肉欲大魔神だなぁ」

ただの悪口に聞こえちゃうかもなと思ったのだが、こうでも言わなければ、甘くなりかけた雰囲気を振り切れず、勘違いを加速させた結果として行動に移してしまっていたかもしれない。

憤慨した結愛にポカッ、とやられるかと思ったのだが、予想した衝撃は来なかった。

「慎治は素直じゃないねー」

結愛は慈《いつく》しみに満ちた笑みを浮かべていた。

「結愛ママとしては、慎治の本心はちゃんとわかってるからね」

おーよちよちと言いながら頭をなでてくる。そういうちょっと鬱陶しい母性は望んでいないんだよな。

「いいから食事に集中させてくれ」

「食べさせてあげよっか?」

「いらない。手はちゃんと動く」

その代わり頭は働かなくなってきてるけどな。

それから俺たちは、学校の一部なのに学校から切り離されたような静寂を楽しむように食事に集中した。

普段の結愛は告白の危険を逃れたら教室の友達と一緒に食事をするので、隣で結愛がパンをかじっているのは珍しく、なんか違和感があるのが照れくさくもある。

そんなのどかな時間を過ごしていると。

「ねー、慎治」

野菜ジュースのパックに刺さったストローを吸いながら、結愛が声を掛けてくる。

特に興味のない天気の話でもするような起伏のない声音だった。

「また私のこと抱きしめてよ」

飲んでいる最中だったお茶が喉を通る途中で詰まりそうになった。

完全に不意打ちだ。

結愛は俺から視線を離すことはなかった。

「教室戻ったらまた知らない人のフリしないといけないし」

未《ま》だ教室内で結愛を遠ざけてしまっている俺を責める風でもなく、結愛は両手を広げた。

俺はまだ、教室内で結愛と仲良くすることで起きる面倒事を気にしている。いい加減、結愛に悪いと思っているのだが、俺としては今の状態で十分満足で、教室内でまで仲良くしたいという欲求は薄かった。

結愛への申し訳なさもあって、俺は結愛の言う通りにした。

「慎治〜、もっとぎゅ〜ってしてくれていいんだよ？」

結愛の口から甘えるような声が漏れ出てくる。

「無茶言うな。これが限界だ」

結愛を腕の中に収めているだけで俺はいっぱいいっぱいだ。

あと、喋《しゃべ》るのは良《い》いけど息をとぎれとぎれにするのはやめてくれ。理性が仕事を放棄したらどうしてくれる。

「じゃあ私がぎゅ～ってしちゃうけど」

結愛の腕に力がこもる。

季節柄すでに我が校の制服は完全に夏服になっていて、結愛もワイシャツ一枚の薄着だったから、感触がよりダイレクトになってヤバい。二人きりの状況なだけに、水着の時より興奮しそうになる。

「おい、学校だぞ……あんまり滅多なことするなよ」

「じゃ、膝にする？」

結愛は、今度は自身の膝を指差す。

感覚がすっかりおかしくなっている俺は、校内での膝枕でもとんでもないことなのに、『そっちの方がマシだな』と思い、結愛の膝に頭を乗せてしまう。

結愛の柔らかな膝に頭を乗せていると、結愛が俺の髪を梳《す》くように頭を撫《な》でてくる。

不覚にも俺は、二度とここから動きたくなくなるような至高の幸福を感じてしまっていた。

「慎治は紡希《つむぎ》ちゃんの分も合わせて二人分がんばってるんだし、これくらいはさせてよ」

「いったいどんなご褒美《ほうび》だよ。体張りすぎだろ。そこまでしなくていいから」

「私がしたいからしてるだけだよ」

「……それを言うなら、結愛だって頑張ってるだろ」

親のサポートが期待できない状態での一人暮らしなんて、俺には真似《まね》できそうにない。仕事で家を空けることが多くても、俺は親父《おやじ》の存在には精神的に助けられているから。

俺を異性に慣れさせるため、という名目で俺と手を繋《つな》ぐようになった結愛だが、このやたらと頻繁な触れ合いも、寂しいから、という理由が根っこにあるのかもしれない。

突然、扉が何かとゴツンとぶつかったような音がした。

もしや俺ら以外に立て看板を乗り越えた不良が、と思いながら顔を上げるのだが、扉が開くことはなく、あとにやってきたのは静寂だった。

「……今、向こうに誰かいたか？」

「知らなーい。慎治のことしか見てなかったもん」

結愛は名残惜しそうにしたまま、俺の頭に手を伸ばして再度引き込もうとする。

「まあ、誰かいたとしても興味本位の一年生でしょ。後輩なら別にいいじゃん」

「まあ、うるさく注意はされないだろうが……」

我が校が性に乱れているイメージを与えやしないだろうか？

「こっちには鍵あるんだから無断じゃないし。たんに膝枕してただけだし。恋人同士ならフツーだよ。なんにも問題ないでしょ」

「問題は俺たちが恋人同士じゃないってことだな」

「慎治ってば冷たいフリするんだから」

結愛は俺の頰を突《つつ》く。

「そういうのは、顔赤くしないで言った方がいいよ？」

ぐうの音も出ない。反論する気すらなかった。

やっぱり、まだまだ主導権を握っているのは結愛の方なんだよな。

◆3【最凶の刺客、現る】

翌日の朝。

登校した俺は、授業の準備をするべく机の中に手を突っ込む。

触り慣れない感触がした。

不審に思いながら引っ張り出してみると、四つ折りにされた紙で、開いてみるとこんなことが書いてあった。

『名雲《なぐも》くんへ。お話があります。放課後、ファミレス「ソンブラ」まで来られたし。一人で来い。結愛っちに話した時点でお前の命はないと思え』

脅迫状めいた文章の最後には、差出人の名前があった。

桜咲《おうさき》瑠海《るみ》。

……結愛の親友にして、最凶の兵隊である。

アイドル級に可愛《かわい》らしいルックスをしていながら、俺を含めた男子へのアタリは超キツいことで有名な女子だ。

俺は思わず桜咲がいる方に視線を向けてしまう。

ベランダで結愛と楽しそうに話している桜咲が、一瞬こちらを見る。

『読んだな』

そう言いたげな、表向きはにこやかなのに邪悪にしか見えない笑みを浮かべられると、俺はゾッとするしかなかった。

この教室内で唯一、俺と結愛が単なるクラスメートではないことを察しているからか、俺に対するアタリが前々からキツかったけれど、まさか脅迫されるほど嫌われているとは思わなかった。

今日は無事に家に帰れないかもしれない。

そんな悲愴《ひそう》な覚悟を以《もっ》て、俺は要求通り指定された場所へ行くと決めた。

なにせクラスメートだ。毎日のように顔を合わせるわけで、バックレようがない。絶対にどこかで制裁されてしまう。断る選択肢はなかった。

★

可愛い女子と放課後にファミレスに寄って、他愛《たわい》もないおしゃべりをしたり、勉強会をしたり、そんな高校生の青春らしい光景を妄想した経験はある。

だが、可愛い女子から殺気まみれのオーラを向けられながら相対する妄想をしたことは一度たりともない。

「逃げずによく来てくれたね、名雲くん？」

「……逃げようがなかったからな」

このファミレスは、学校の近くにあり、周囲には同じ制服姿の男女がちらほらいるのだが、俺たちみたいな殺伐としたオーラを発しているのは誰もいなかった。

桜咲は、おもむろにメニューを開く。

「名雲くんは何にしちゃう？」

「俺はいらない。水で十分だ」

こんな殺気まみれの空間に引っ張りこまれて、のんきにメシなんぞ食えるか。それに俺の夕食は帰って紡希と二人で摂《と》るものと決まっている。

「ふーん。瑠海はもう決まったけど」

桜咲は、メニューをテーブルに伏せると。

「結愛《ゆあ》っちのことは諦めて。それが瑠海の注文」

「どうして高良井《たからい》さんがそこで出てくるんだ？」

聞き返すものの、この時点で嫌な予感は最高潮に達していた。

「そういうすっとぼけたことするのやめてくれるかなー」

舌っ足らずな桜咲の声に、トゲトゲしさが混ざる。

「この前の日曜日、結愛っちと遊んだんだけど」

桜咲は突然こちらに身を乗り出し、俺の頭をガッと摑《つか》んだと思ったらすんすんと鼻を鳴らし始めた。

突然の奇行に、俺は驚くばかりで何もできない。

「やっぱり……あの時の結愛っちと同じシャンプーの匂いがする……。あの日だけいつもと違うから、変だと思ったんだ」

重い愛を持っていそうな、桜咲の発言だった。

そういえば、日曜日の結愛は、うちを出た後に友達と遊ぶ予定があると言っていた。

相手は、桜咲だったのか。

「……偶然だ。シャンプーなんて、似た匂いのヤツはいくらでもあるだろ」

認めるわけにはいかなかった。

もしここで、結愛と一晩を過ごしたことがバレたら、絶対に桜咲は盛大に誤解する。

その誤解によって俺は殺されかねない。桜咲からは、そんなヤバさのある本気度を感じた。

「絶対、結愛っちがいつも使ってるのじゃなかったよ。瑠海は結愛っちから普段どのシャンプー使ってるのか聞いて、同じの買って毎日すんすんして『これが結愛っちの匂いかー』って楽しむのを趣味にしてたんだから」

クレイジーサイコレズ疑惑が浮上する。

「それに、結愛っちとなんにもないなら、どうして結愛っちのスマホの壁紙が名雲くんと一緒に映ってるやつなの？」

恐怖心よりも結愛への呆《あき》れの気持ちが勝った。

ほら言わんこっちゃない。結愛のヤツ……あれだけ気をつけろと言ったのに、なんでよりによって一番厄介なヤツに見られてるんだよ……。

「高良井さんと俺が一緒だって？　本当に二人きりか？」

たとえどれだけ怖かろうが、こればかりは聞いておかないといけない。

「ううん、間になんか女の子がいた。隠し子かと思ってびっくりしちゃったけど、中学生っぽかったから」

よかった。いや、状況はまったく良くなりはしないけれど、万が一結愛が紡希をトリミングで外していたらどうしようかと思った。そうなったら流石《さすが》に俺も結愛との付き合いを考え直さないといけないところだ。

「ていうか今日も昼休みにこそこそ二人でいたよね？　結愛っちのことこっそり追いかけていって、様子見してたら、屋上で膝枕してるんだもん。びっくりした」

これは、『詰み』の状況まで追い込まれたらしい。

そうか、あの時、扉から物音がしたけれど、やっぱり誰かいたのか。そして桜咲だったのか……。

「……あと最近、結愛っちが名雲くんの話ばっかりするからいい加減にしてほしい……」

それまで圧倒的優勢で俺を詰めていたはずの桜咲が、意気消沈して死んだ目をする。

俺はもう、ごまかすのをやめた。無意味だからだ。

あいつ……隠す気ないだろ。

まあ、相手が親友の桜咲だから、信用していたのかもしれない。

「名雲くんのくせにどうやって結愛っちのこと騙《だま》したのか知らないけど、瑠海は認めてないから、もう結愛っちと関わらないで」

桜咲は立ち上がり、テーブルに両手を突いて身を乗り出してくる。

「付き合ってるくせに、教室にいる時は知らんぷりするなんて結愛っちがかわいそうだもん。名雲くんの『好き』なんて、そんなもんなんだよ」

耳の痛い話だった。

桜咲の指摘はもっともで、反論なんてできそうにない。

すべては、結愛と交流があるのを知られて中傷されたくない、という俺の気の弱さが招いたことだ。

「ほら、なにも言えなくなっちゃったでしょ？」

完全勝利の状況でも、どこか失望したような視線を向けてくる。

「やっぱり瑠海じゃないとダメなんだよね。結愛っちはあれでいて隙だらけなところがあるから、瑠海が支えてあげないと」

桜咲の瞳は、使命感に燃えているような光が映っていた。

俺は、結愛とも桜咲とも二年生になって初めてクラスメートになったから、それ以前の二人にどんな歴史があったのか、まったく知らない。もしかしたら、俺が思っている以上に二人には強い繋《つな》がりがあるのかもしれない。

「名雲くんは、もう結愛っちとは仲良くしないでね。もし明日も結愛っちと休み時間に一緒にいたら、クラスのみんなに、『二人は付き合ってるよ』ってこっそり言っちゃう」

「……俺と高良井さんを別れさせたいのに？」

「それでどうなるか、名雲くんが一番よくわかってるんじゃない？」

桜咲が言った。その通りだ。今までずっと俺が恐れていたことが、桜咲の手で強制的に行われるわけだ。

結愛ほどではないが、桜咲も相当な美少女である。つまり、カースト上位者で、発言力がある。桜咲の言葉ならみんな耳を傾けるだろう。

「でも、瑠海だってホントはめんどくさいことなんてしたくないんだよね。もう結愛っちと絶対関わらないよって約束してくれたら、なにもしないであげる」

桜咲は、動画を撮る気らしくスマホを向けてくる。

「別にSNSにアップしようってわけじゃないから。証拠が撮れれば、それでいいの」

とは言うものの、こういう場面でスマホを向けられるのは不快感しかない。

以前までの俺なら、すぐに桜咲の言う通りにしていただろう。

俺が最優先させるべきは紡希《つむぎ》のことだったから。迷わず紡希を取っていた。

けれど、もはや結愛は、完全な他人ではないのだ。名雲《なぐも》家にとっても、俺にとっても、大事にしないといけない大切な客だ。

俺は、こう言おうと覚悟を決める。

『お断りだ。結愛は俺の大事な友達なんだ。縁切りなんてできるか。言いたいのなら言えばいい。その代わり、言いふらした結果お前が結愛からどう思われるようになっても、俺は知らないからな』

結愛と完全に他人になるくらいなら、クラスメートから誹謗《ひぼう》中傷される方がずっとマシだ。

教室の中で、結愛さえ味方でいてくれればいい。俺はそれで十分だ。

グラスの水を一口含み、さあ言うぞ、と構えた時だった。

仕切りで隔てられた隣の席から、話し声が響いてくる。

隣の客の雑談に注意を払っている場合じゃないというのに、それでも耳に届いてしまったのは、身内について話しているとわかったからかもしれない。

「次の武道館の対戦カード見た？　名雲でメインやるのはもう無理あるよな」

仕切りの向こうの客は二人いて、どちらも俺よりずっと年齢が上だから、名雲と言われても俺のことではない。

見知らぬ人間が、知り合いを語るような口ぶりで『名雲』の姓を出す時は、決まっている。親父《おやじ》のことだ。

「名雲、そんなダメか？　ライジングサン・トーナメント覇者だから、世界ヘビーに挑戦できるんだろ？」

親父のアンチらしい男の連れは、穏健派なようで、男をたしなめている。

「タイトル取っててもなー、もうピーク過ぎてて痛々しいんだよ。『ハイフライ・プレス』を封印した時点で終わりだよな。もう前座の賑《にぎ》やかしになるか、インディーで細々やるべきだったんだ」

アンチ親父の男が言った。

試合を決める必殺技は、プロレスラーにとって自分自身の象徴そのもので、若手時代から現役を終えるまでずっと同じ技を決め技にする選手もそう珍しくはない。

その技で相手に勝利した積み重ねが、そのままその選手の栄光の歴史になるからだ。全盛期の動きには程遠くなってしまったレジェンドレスラーが、六人タッグや八人タッグのほんの少しの出番の中で、往年のヒットメドレーのごとくラリアットなりドラゴンスクリューなりパワーボムなりを繰り出せば、それだけで観客を沸かせて満足させてしまう。技にそれだけの歴史があるからだ。技を放つその一瞬だけで、それまでの激闘がフラッシュバックする。

だから、そんな必殺技を封印するということは、今後の選手としてのキャリアや、戦い方すら大きく変えてしまいかねない重大な決断を要する事態なのだ。

見知らぬ人間に反論するなんて、ヤバいヤツもいいところだけれど、俺は立ち上がってしまっていた。

特に、親父があの技を封印した事情を知っている身としては、ここは何が何でも親父の名誉を守ってやりたかった。

「――名雲は『ハイフライ・プレス』を封印してからが全盛期なんですけど！」

俺が口にするより前に、俺の言いたかった言葉が飛んでくる。

俺の目の前からだ。

なんと、桜咲《おうさき》だった。

「若手の頃の名雲はセンス抜群で身体能力も高くてなんでもできるせいで、華はあるけど唯一無二の個性がない感じでしたけど、『ハイフライ・プレス』を封印して戦い方に制限ができてからやりたいことがはっきりして、プロレスラーとして超一流になれたってわかんないんですかぁ？」

桜咲の大演説に、プロレスオタクらしきお客はぽかんとするしかなかった。

俺もまた、同じ顔をしていたことだろう。

まさか桜咲……プ女子とかいうやつなの？　都市伝説かと思ってた。

「満員の武道館で贔屓《ひいき》の鯉島《こいじま》が名雲に負けるのが怖いんですよね？　今回は挑戦者の立場ですけど、キャリアの違いを見せつけちゃいますよ」

「こ、鯉島が負けるかよ！　現役で最高のレスラーだぞ⁉」

「ふふっ、動揺しないでくださいよー、それこそトランキーロですよ」

桜咲が両手で押さえつけるような仕草をして、煽《あお》る。

それから、プオタ客と桜咲は、お互いに武道館での試合を現地で観戦するらしく、どちらがより良《い》い席を取ったか張り合っていたが、プオタ客の連れの男にたしなめられて抗争が激化することはなかった。

★

妙な気分だった。

プオタ客との揉《も》め事《ごと》を避けるため、注文もせずにファミレスを出た俺と桜咲は、無言のまま駅へ向かって歩いている。

プオタ客を相手にすることで解消できたからか、桜咲の攻撃的なテンションは鳴りを潜めていたので、桜咲が乗る駅まで送る余裕すらあった。

空はまだオレンジ色だ。桜咲の身の安全を心配しているのではなく、俺にはどうしても言いたいことがあった。

「桜咲さん、ありがとうな」

天敵だろうと、これだけは言っておかないといけなかった。

「はぁ？　キモっ、なんなの急にありがとうとか。ていうか、返事聞きそびれたけど、明日からもう結愛《ゆあ》っちと関わるのやめて――」

「名雲の膝のことだよ」

「あんたの膝がなんだっていうのよ」

「いや、名雲弘樹《ひろき》選手の方な」

桜咲は、結愛のことで俺を問い詰めることを忘れていないようで、まだまだ攻撃的な姿勢は残っていたけれど、親父の名前を聞いた途端に態度が変わった。

「ニセモノが、ホンモノの名前を出した……？」

何故《なぜ》か動揺する桜咲だが、どうやらニセモノとは俺のことらしい。

前も『ニセモノ』扱いされた気がするが、これってもしかして同じ『名雲』だけど名レスラーと名字が同じなだけの陰キャの方、という意味で言っていたのだろうか？

「まさか……名雲くんも名雲のファンなの？」

名雲名雲ややこしいな。

嫌っているはずの俺は君付けで、贔屓の選手のはずの親父の方が呼び捨てというのも妙な話だ。

「そっか……親が名雲のファンだから『名雲』って名前にしたわけね」

「もし俺が『名雲名雲』って名前だったら、その通り、って言ってあげられるんだけどな」

あいにく、ゴリラの正式名称みたいな本名ではない。

「知ってるか？　名雲が『ハイフライ・プレス』を封印したの、自分のこどものためなんだ」

親父の込み入ったエピソードを話すのは、俺としてはかなりのギャンブルだった。

「えっ、なにその情報。瑠海《るみ》知らないんだけど？　や、名雲にこどもがいるのは知ってたけど……」

桜咲が食いついてくる。

トップロープからリングに寝た相手へ向かって体を投げ出すプレス系の技は、着地の都合上、技を放った側の膝に大きな負担が掛かる。見た目は華やかだけれど、プレス系の技の多用は膝の寿命を著しく縮めることになるのだ。

「……あれ以上膝を悪くして立っていることすら辛《つら》くなったら、『ディズ○ーランドで一緒に順番待ちしてやれなくなるから』って理由で封印したんだ」

昔、笑い話みたいなノリで、親父から教えてもらったことがある。

俺はまだ小学校の低学年くらいで、両親の離婚が決まって間もない頃のことだった。

それまでずっと、レスラーとしてのし上がることで頭がいっぱいだった親父が、初めて仕事より家族を取った瞬間だったように思う。大事な必殺技を封印した代わりに、親父は俺をよく気にかけるようになり、ウザいくらい面倒を見てくれるようになった。

「じゃあ名雲は、キャリアより自分のこどもを取ったってこと？」

「そうなるのかもな」

まあ、あれから親父はことあるごとに、『オレ、おめぇのために大事な必殺技を捨てたんだぜ？　オレってレスラーとしても父親としても世界一の二冠王だよな』と自画自賛しながらウザ絡《から》みしてくるので、当事者の俺からすれば単なる美談で終わる話ではなかったのだが。

「ウィキにも載っていないしインタビューでもそんなの読んだことないのに……それなのに名雲くんがどうして……」

どうして俺が名雲弘樹《ひろき》と同姓なのか、これで桜咲に俺の正体がバレるかもしれない。

たとえバレようが、俺は桜咲に感謝したい気分だった。

俺が親父のプロレスラーとしてのキャリアを奪ってしまったのではないかと、心のどこかでずっと気にしていた。

俺がいなかったら、更に凄《すご》い選手になっていたのではと思うことすらある。

それでも桜咲は、『ハイフライ・プレスを失ってからが全盛期』と言ってくれた。

そういう捉え方をしてくれるファンがいると知ったことで、親父に対して抱えていた申し訳なさが晴れた気がしたのだ。

「さては名雲くん、あんた瑠海が思ってる以上の名雲ファンね！」

桜咲は、俺が名雲弘樹の息子と疑う様子が一切なかった。

まあ、大柄な親父の息子が、まさか平均身長程度の俺だとは思っていないのだろう。

「でも、名雲のことなら瑠海の方がずっと詳しいよ」

オタのプライドがうずいたのか、あの試合知ってる？　このエピソードは？　などと桜咲からトリビア合戦を仕掛けられた。やがて話題は、親父のこと以外にもプロレス全般にまで広がった。俺はプオタではないが、準当事者として多少は濃い話ができるのだ。

駅にはとっくにたどり着いていたのだが、桜咲は改札を抜ける気配を見せず、出入り口でひたすら話し込むことになる。

そうこうしていると、桜咲の瞳が潤んでいて、声も少し震えていることに気づいてしまった。

「ど、どうしたんだよ？」

泣くようなとこ、あった？ わりと楽しくお話していた気がするんだが……。

「……だって、初めてなんだもん」

顔を伏せ気味にして、桜咲が言った。

「クラスメートと、なんの遠慮もしないで名雲《なぐも》の話とか、プロレスの話できたの」

「高良井《たからい》さんとは？」

「……結愛っちには、言ったことない」

「どうして？」

「あんたもプオタなら、ぜんぜんプロレスに興味ない人に話を振る時のリスクくらいわかるでしょ？」

「……あー、まあなぁ」

「もし結愛っちから、『プロレスってさー、八百長《やおちょう》なんでしょ？』なんて言いにくそうに言われたら、瑠海立ち直れないもん……」

後ろめたそうに目を伏せて、桜咲が言う。

桜咲だって、大事な親友が無神経なことを言う人間だとは思っていないのだろう。悪気もなく、そんな発言が飛び出すことだってある。それでも、万が一という可能性はあるわけで、結愛を信用しきれていないような自分に罪悪感を覚えているのだ。

俺だって、結愛がその手の否定的な発言をすることはないと思っている。

結愛は、他人が大事にしている人やモノを尊重できるヤツだから。

「安心しろ。高良井さんは、そんな薄っぺらいことは言わない」

「ふん、あんたに結愛っちの何がわかるの。調子に乗ら――」

「高良井さんはな、人気者の陽キャイケメンじゃなく、わざわざ陰キャぼっちの俺と一緒にいるんだぞ？　変わり者なんだ。そんなくだらんフツーなこと、言うわけないだろ」

高良井結愛は、邪道なんだ。

「普通」以上のものを持っているようでいて、「普通」を持っていない。

だからこそ、上《うわ》っ面《つら》のことだけで片付けやしない。

「そ、そう……だよね……そうかも」

こいつ自分でそれ言うんだ、という顔で桜咲《おうさき》は呆気《あっけ》にとられていた。

「……結愛っちと縁切る話の返事、まだ聞いてないんだけど」

まだ忘れていなかったか。

「でも、あんた今日は少しだけいいヤツだったから、あと少しだけ見逃してあげる」

まるで捨《す》て台詞《ぜりふ》みたいなことを言う。

「あんたをいじめたら、瑠海のプロレス欲の解消どころがなくなっちゃうもん」

「別に、桜咲さんがどうだろうとプロレス談義には付き合うけど？」

「そうやって媚《こ》び売ろうとしたってダメなんだから」

桜咲は、スマホをちらちら確認しはじめる。

「今日のK楽園ホール大会なら、あと三十分後にライブ配信始まるな」

俺は言った。親父《おやじ》も出る試合だ。

「はぁ？　配信のことなんか気にしてないし！　これから現地に行くんだから！」

「そっか……今からだと前座に間に合うのは厳しいかもしれんが、邪魔して悪かったな」

思ったよりずっと熱心なファンらしい。

「別に邪魔じゃないし！　名雲くんのことは嫌いだけど、プオタとしては充実したひとときだったんだから！」

ちょうど電車が到着するアナウンスが響いたので、桜咲は大慌てで改札を抜けていった。

帰宅してから、ライブ配信を確認してみると、客席をカメラが映した時、目立つピンク髪のツインテール女子高生はすぐに見つかった。

Tシャツにタオルに手乗りサイズのマスコットに、と、親父のグッズをフル装備する女子高生は確かにまあ、あんまりいないかもな。

◆4【ホーリー嫉妬！】

登校し、いつものように自分の席へ迷わず向かうと、ベランダにいたはずの桜咲が飛んできた。

「名雲くん！　昨日の配信観《み》たでしょ!?」

桜咲の顔は上気していて、冷静さを失った興奮全開の顔つきだった。目、飛んどるやん。

「前哨戦《ぜんしょうせん》のタッグで名雲がエル・ブシドーからスリーカウント！　鯉島《こいじま》を寄せ付けなかったし、ベルト獲《と》りに幸先《さいさき》よすぎでしょこれ！」

「ちょ、ちょっと待って」

俺はどうにか桜咲をなだめようとするのだが、桜咲とは別の視線がこちらに向かっているのを悟った。

結愛《ゆあ》だ。話し相手の桜咲を失った結愛は、いつものベランダの位置に一人でいて、じっとこちらを見ている。

今までまったく交流がなかった桜咲から親しげに話しかけられているのを不思議に思っているのと、どうも顔つきを見る限り、『なんで私はクラスメートがいるとこで話しちゃダメなのに瑠海はいいの？』と不満を言いたげだった。

「……どうして俺が高良井さんと昼休みにこそこそしてたのか、桜咲さんならわかるだろ？」

「あっ、そうか。名雲くんは陰キャで人気ないもんね。瑠海と仲いいとこ見せちゃったらみんな嫉妬しちゃうもん」

あっさり察してくれることを、喜んで良いのか傷つくべきなのか。ていうか、自己評価高いな。事実だけどさ。

「じゃあ昼休みにね。今日も結愛っちとあそこ行くんでしょ？」

「……ああ」

この日も屋上へ行くことになっていた。結愛がまたも鍵を借りたからだ。一応、屋上へは立入禁止になっているわけだし、桜咲までついてくるのはいかがなものかと思うのだが、無言のまま猫みたいな目で視線をぶつけてくる結愛に何も事情を話さないというのも怖い。嫉妬ではないだろう。自分の親友が突然、普段交流のない男子のところへ向かえば不審感だって持つというもの。

「でもー、瑠海《るみ》の趣味のことは、結愛っちには内緒ね」

桜咲は、まだ結愛に趣味のことを話す踏ん切りがついていないらしい。

「じゃあ俺たちはどういう仲だって説明すればいいんだ？」

「偶然意気投合してなんか話すようになった、くらいでいいじゃん」

ふわっとした上適当だな。そんな軽い打ち合わせだけで、俺が上手《うま》くウソをつき通せると思うなよ。

俺の不器用さを知らない桜咲は、それだけで安心したらしく結愛のもとへ戻っていく。

コミュニケーション強者の桜咲のことだから理由を隠しつつ結愛の誤解を解いてくれることだろう、と期待していたのだが、桜咲は俺たちのことにはまったく触れなかったようだ。相変わらず結愛はちらっちらっとトゲのある視線をこちらに向けてくる。

まさか修羅場に発展したりしないよな？

陰キャガリ勉の俺を巡った女子同士の争いなんて、需要ないだろ。

★

昼休みになる。

この時間が来るのを、どれだけ待ちわびたことか。

俺は疲弊していた。

授業中や休み時間中、二種類の視線をずっと浴び続けていたからだ。

一つは桜咲のもので、昼休みに同好の士である俺と話すのを楽しみにしているらしい視線。これはまあ穏当な方なのだが、問題は結愛の方だ。

結愛は、クラスメートの前では俺と関わりがあるのをバレないようにする、という約束を真面目に守っていたので、真相の説明を俺に直接求めない代わりに、ずっと疑惑の視線を向け続けていた。このせいで俺は相当消耗してしまっていた。

そんなわけで、待望の昼休みである。

クラスメートに見つからないように、俺と結愛は時間差で屋上へ向かうようにしていたのだが、そのルールを守らないヤツがいた。

「もう話していい？　まだダメ？　名雲のチョップの響きが最高って話したいんだよー」

桜咲瑠海という新顔である。

廊下へ出た途端に、へらへらした顔で普通に話しかけてくる。

俺は一刻も早く人気《ひとけ》のない場所へたどり着くべく、早足になる。

「名雲くんったらー、早いよー」

などと言って、俺の腕にしがみつく桜咲。刺激的な感触が腕を支配するのだが、今は構っていられない。

少し後ろで、獰猛《どうもう》なオーラの発生源が俺を猛追しているのだから。

とんでもなく長い道のりを歩いた気になって、屋上へ到着する。無言で解錠する結愛がひたすら怖かった。

以前と同じく、フェンスがある囲いの縁に腰掛けるのだが、二人は俺を挟み込むように座った。

「なんで二人仲いいの？　ねえなんで？」

結愛が口を開く。微笑《ほほえ》みの裏に怒りが張り付いていた。美少女がピリピリしたオーラを発しているのが、これほど怖いとは思わなかった。ホラー映画で鍛えられていなかったら失禁しちゃってたところよ、これ。

「なーに、結愛っち、なんかヘンなこと考えてるの？」

桜咲《おうさき》は、アイドル級に可愛《かわい》いという評判を得るに至った根拠でもある笑みを浮かべているのだが、この状況だと煽《あお》っているようにも見えてしまった。

「別に、何も？」

結愛は無表情を崩さない。怖い。

「名雲《なぐも》くんとは昨日、たまたま意気投合しちゃっただけだよ。同じ趣味の持ち主だったんだよね」

「同じ……趣味？」

桜咲の発言に、結愛の首がぐりんと回り、こちらを向く。

桜咲……プロレス趣味のことは結愛には隠したいんじゃなかったのか？　なんでそんな地雷原を直進するような危ないマネを？

俺としては、『実は桜咲は親父《おやじ》のファンなんだ。偶然昨日それを知って、ちょっと話した縁でこうなっているだけだ』と言えば済む話なのだ。親父を認めてくれたファンだから、俺も桜咲に義理立てしたかったのだが、結愛との信頼関係が崩壊するリスクまで背負いたくはなかった。

言っちゃうぞバカヤロ。

牽制《けんせい》の意味も込めて桜咲に視線を向けると、桜咲も、流石《さすが》に攻めすぎた、と感じたのだ

ろう。動揺が見えた。

「え～とね、結愛っち。趣味っていうのは……」

瞳が反復横跳びする勢いで泳いでんよ。

「る、瑠海と名雲くんはね、同じ人を好きになっちゃった者同士なんだよ！」

苦し紛れの発言は、これまた誤解を招きそうなものだった。

桜咲は俺を親父のファンだと思っているのだろうが、俺は別に、不当に親父が批判されるのが嫌なだけで、特別親父を熱心に応援しているわけじゃない。

「同じ人を……？」

混乱する結愛は俺と桜咲とを見比べる。

正直なところ、俺は俺自身の手でこんな茶番をさっさと終わらせたかった。俺にまで被害が来そうだからだ。

ただ、結愛と桜咲は親友だ。趣味を打ち明けられないでいる、という桜咲の問題に俺が口を出すようなことじゃないんだよな。それは桜咲自身が解決しないといけないことだ。

だから、俺がこの場でできるのは……保身しかない。

「そうだよなー、桜咲さん。俺も桜咲さんも、高良井《たからい》さんのこと好きだもんなー」

俺は言った。

　夢見がちだった桜咲がこちらを向き、何言ってんの？　という疑問満載の顔をするのだが、わたしたち推し推しの推しな名雲弘樹《ひろき》のこと話してたんじゃん！　などと訂正かつ告白する勇気はまだなかったらしく。

「だねー、瑠海たち、結愛《ゆあ》っちのこと大好きタッグだもんねー」

　俺の話に合わせてくる。タッグ、はやめろよな、危ういな……。

「高良井さんが好きって趣味は共通してるもんな」

「そうそう、そういうとこ気が合っちゃうよね」

「じゃあ二人は、私を好きってことで仲良くなったの？」

「んふ。まあそんなとこかなぁ」

　結愛に桜咲が答える。

「だから、高良井さんも嫉妬することないんだぞー」

　なんつって、なんて語尾に付きそうなノリで俺は言った。結愛が嫉妬するなんて考えにくいもんな。

「嫉妬？　してないよ」

「あんた、調子乗りすぎじゃない？」

　思わぬガチトーンで、結愛と桜咲という美少女二人の圧が両サイドから俺に迫る。

「正直スマンかった……」

超至近距離にいるんだもん、謝るしかないよね。圧の強い美少女は怖かった。

「名雲くんっていつもこうなの？」

「たまーに調子に乗る時あるね」

美少女二人による、俺クロスレビューが始まった。

結局、この時点で桜咲がプオタの正体を明かすことはなく、俺は仲良し二人組の会話の聞き役になりながら弁当を喰《く》らうという役割をこなしただけで昼休みが終わった。

散々好き勝手言ってくれちゃってるけどさ、俺、ちゃんと桜咲の秘密は守ったからな。

その辺、忘れないでいてくれよな……。

まあ結愛の機嫌が戻ったから、いいけどさ。

◆5【ついに初遭遇、陽キャVS陽キャ】

放課後、結愛が名雲家にやってきていた。

「いやいつの間に？　って感じなんだけど」

リビングのソファに腰掛けた結愛は、隣に座る俺に顔を向けて背もたれに体を預けながら、こちらにガンガン視線を浴びせてくる。

「何のことだ？」

「瑠海《るみ》のこと。なんか急に仲良くなったよね」

結愛が桜咲のことを混ぜっ返してくる。

どうやらこれは……昼休みの延長戦と行こうや、というつもりらしい。

「まあそういうこともあるだろ。俺だって全人類と仲良くなれない咎《とが》を背負って生まれたわけじゃないからな」

「相変わらず隠すねぇ。でも、慎治《しんじ》がそう言うなら、それでいいよ」

意外なことに、結愛は怒りや不満を浮かべていなかった。

「だって、瑠海と約束しちゃったんでしょ？　黙っててね、って」

結愛には、桜咲から口止めされたことは言っていないはずなのだが。

「慎治ってそういう約束は絶対守ってくれる人だもん」

どういうことだろう。俺ってそんな誠実な人間だっただろうか？

「瑠海って、ほら、たまーにだけど、クラスの男子にキレちゃうときあるでしょ？」

たまに、どころか、俺からすればしょっちゅうキレてるイメージあるけどな。なんなら、キレましたか？　と質問される前からキレてるまである。

「二人が何を好きなのかは知らないけど、瑠海を理解してくれる人がいてくれるなら、私はそれでいいんだ。瑠海って喜怒哀楽が素直な子だけど、そういうとこが誤解されて溝つくっちゃうときあるから。しかも私のため、ってことも多いし。だから、慎治がいてくれてよかったよ」

菩薩《ぼさつ》の笑みを浮かべた直後、表情の端に修羅が顔をのぞかせる。

「付き合ってるわけじゃないんだよね？」

「結愛は俺たちに恋人らしい雰囲気を感じ取れたっていうのか？」

「うーん、なんかそれとは違う感じだったけど」

「まああれだ、悪友みたいなもんだ。そういうポジションが一番近いだろうな」

イービルフレンドかぁ、などとわけのわからん造語を口にする結愛が、体育座り状態で尻でバランスを取りながら前後にゆらゆらする。

「でもさー、瑠海と慎治は二人だけで盛り上がれるからいいよねー」

拗《す》ねるように結愛が言った。

「私たち、そういうのないじゃん」

確かに、桜咲みたいに他人に打ち明けることに慎重になるような趣味の話を共有したことはないな。

「だから私の膝貸してあげる」

　結愛は、自らの膝を指差す。スカートから伸びる白い膝は今日も輝いて見えた。

「なんでそうなるんだ？」

　結愛と二人だけで盛り上がれるような趣味の話はないかなぁ、なんて真面目に考えていた俺の純情を返してくれ。

「向こうが趣味の話で繋《つな》がるなら、こっちは体で繋がるしかないでしょ」

「言い方よ」

「ほらぁ、私の脚の感触が忘れられなくなってるんでしょ～？　我慢しなくていいんだよ？」

　両脚を交互に動かして頭を付けるよう煽《あお》ってくる。足が床に着くたびに腿《もも》がふるんと揺れ、俺はそこから目が離せなくなってしまう。

　こうなった時の結愛は俺の言うことなんぞ聞かない。

　屋上での一件もあり、結愛の膝枕にハマりつつあるのは否定しようがない事実ではある。

　俺が膝に頭を乗せると、すかさず結愛が頭をなでてくる。その心地よさに、断らなくてよかった、などとぼんやり思ってしまった。

　すると、頬にそっと柔らかな感触が乗っかってきて。

「瑠海と仲良くするのもいいけど、私のことも忘れないでね」

直接耳に吹き込むように囁《ささや》いてくる。

膝と胸で顔面をサンドイッチするという奇妙なジャベ（関節技）を食《く》らう俺は、いま結愛がどんな顔をしているのか確認できなかった。

桜咲への印象が変わったとはいえ、すぐ忘れられるほど結愛の存在は薄くない。

変な心配をする結愛だな、と思いながら、俺は結愛の膝で飼い猫のようになっていた。

そんな時だ。

俺はすっかり忘れていた。

この家には、紡希《つむぎ》以外にも帰ってくる人間がいることを。

リビングの扉が無駄に勢いよく開いた時に気づいても、もう遅い。

「慎治～、紡希～、スーパースター様のご帰還だぞ～」

立っているだけで暑苦しい男こと親父が帰ってきた。

こんなタイミングで帰宅しなくてもいいだろうに。

親父は先日K楽園ホールでの試合があったから、名雲家に帰ってきていたのだが、こうして結愛と対面するのは初めてだった。まさかこんなかたちで初顔合わせを迎えることになるとは。

親父は、一般的な父親よりずっとデリカシーに欠けた人間だ。

いちゃついているように見えかねない俺たちを前にしても気まずさで沈黙するようなことはなく。

「悪い悪い、外で待ってるわ！　彼女に毒霧吐き終えるまでゆっくり待ってるからな！」

こりゃいいもん見たぜ、とばかりに豪快に笑う。

なんて下劣なことを言いやがるんだ。結愛はそもそも本来の意味での毒霧がいかなるものかわかっていないからぽかんとしてくれているけどさ、意味がわかっていたら俺も親父《おやじ》も揃《そろ》って嫌われてるところなんだからな。

リビングを出ようとする親父の勘違いと下劣発言を訂正させるべく、俺はソファを飛び上がるのだった。

★

廊下で親父を捕まえた俺は、親父をリビングへ戻そうとするのだが、「いいからいいから、チャンスを逃すんじゃねえ」と勘違いを続けて聞き入れてくれない。しかもにんまりとした笑みがウザったくてしょうがなかった。

巨漢の親父を力ずくで引っ張っていくのは無理だ。こういう時は、レスラーをロープに振るハンマースローの要領で腕を引っ張るに限る。目論見《もくろみ》通り親父はリビングへ向かって走っていく。これも職業病だな。

リビングへ戻ってきたことで観念したのか、親父は一人がけのソファに座った。

向かいの二人がけのソファには結愛が座っている。

俺は親父の前に振ったばかりのプロテインを置いてやったあと、クラスメートの高良井結愛だ、と軽く紹介し、彼女の隣に腰掛けた。そこしか空いてなかったからな。

結愛は珍しく緊張しているようだった。親父に見えないようにさり気なく俺の指を摑《つか》んでいて、ちょっと震えている。向かいの相手は他人の父親で、しかもこれまで会った男とは比較にならないくらい分厚い体をしているから、初対面だと威圧感があるのだろう。

「あのまま続けりゃよかったじゃねーか。親が登場したくらいでやめるヤツがあるかよ。

本当は彼女なんだろ？　冷たくするなよ」

彼女じゃないよ友達だよ、と言おうとして思いとどまる。

紡希はまだ、俺たちを恋人同士だと思っている。

親父に本当のことを教えたら、親父経由でうっかり紡希が真実を知ってしまうかもしれない。

親父はこんな性格でも口が軽い男ではないが……この場で説明をするには事情が複雑だから、とりあえず今は恋人設定を押し通すことにしよう。

「いくら親でも、息子の恋愛事情に首突っ込むのはナシだろ。俺、そういうのあんまりオープンにしたくないから」

俺の素直な心情を表明したわけではなく、あくまで親父を黙らせるための方便なのだが、右隣の結愛《ゆあ》は期待に満ちた視線を送り、俺の指を握る手に力に強弱を織り交ぜて何らかのメッセージを送ってくる。俺、モールス信号はさっぱりなんだが。

「照れるな、照れるな」

親父はニヤニヤしながら、プロテインが入ったシェーカーを傾けた。だからそうやっていじられるのが嫌なんだよ……。

「親父、思春期男子に異性のことでいらぬ煽りをするなら、嫌われる覚悟はできてるってことだよな？」

「煽っちゃいねーよ、喜んでるんだよ。ぼっちじゃなくなったってことだもんな。小学校も中学校も、おめぇの一番の親友はオレだっただろ？」

そう言われてしまうと、何も言い返せなかった。

小中学生時代は、幼さゆえの怖いもの知らずのおかげで、学校内に限れば会話をする程度の友達ならいた。ただ、当時の俺の友人関係はほぼ学校内で完結してしまっていた。

だから、放課後の時間を最も一緒に過ごした相手は、親父だ。

俺が小学生の頃の親父は、まだ幼い俺を極力家で一人にしないように、都内の試合かもしくは地方のビッグマッチにしか参加しない契約にしていたから、そのせいでファンからはひんしゅくを買ったらしいのだが、俺からすればありがたいことだった。

親父を通して、奇人変人超人のレスラー仲間が客として来てくれたこともあって、ぼっちであっても俺は決して閉じた人間関係の中で生きてきたわけではない。だから、そのこと自体には感謝しているのだ。

「そんなことより、海外遠征はどうだったんだよ？」

形勢不利を感じた俺は、話題を変えることにする。

親父は先日東京に帰ってきたばかりで、それより前はメキシコに滞在しながら、現地の団体で試合をしていたのだった。

「やっぱいいわー、ルチャ。オレ、生まれ変わったらメキシコ人になりたい」

「生まれ変わってもプロレスする気かよ」

「オレにはそれしかできねぇからなぁ。他にやりてぇ仕事もねぇし」

親父は、足元に転がっている大きなカバンからマスクを取り出した。マスクマンが被《かぶ》っている、アレだ。そいつを俺に放ってくる。親父の毎度のメキシコ土産《みやげ》だ。

「おめぇ、これからメキシコに留学してルチャドールになる気ねぇか？」

「無茶振りバラエティ番組の企画みたいなノリで言うなよな」

金色のきらびやかなマスクを手元で弄びながら俺は言う。

「俺は飛んだり跳ねたりできないよ」

「そっか。おめぇの気持ちは変わらねぇか」

親父は、寂しそうに一瞬窓の外を見る。

幼少の頃、親父は、『将来同じリングに立って親子対決がしたい』という野望から、俺に様々なトレーニングを施そうとしたのだが、結局俺は音を上げてしまった。そもそも俺には、体格や運動神経云々《うんぬん》の前に、競争心や闘争心が欠けていたから、どちらにせよ親父の望みが叶《かな》うことはなかっただろう。

親父は無理強いすることはなかったのだが、やはり未練はあるのか、今でもたびたび隙あらば俺をプロレスの道へ引き込もうとする。

俺はそんな親父の期待に応えられなかったことが今も引っかかっていて、ちょっとした後ろめたさがあった。

「結愛ちゃんは、大人しいな？」

親父の興味は結愛に移る。

「えっ、そうですか？」

珍しいな、結愛が声を裏返らせるなんて。

親父の言う通り、結愛はひたすら俺と親父の会話を聞くことに専念していて、口を挟むことはなかった。まあ、他人の親子の会話なんて途中で入り込みにくいからな。

普段の結愛を知らない親父からすれば、大人しい子、と感じたっておかしくはない。

このまま結愛をほったらかしにして話し込むわけにはいかないし、一旦仕切り直した方が良さそうだ。元々陽キャな結愛のことだ。ちょっと間を置けば慣れるだろう。

「今日は結愛も一緒に夕飯食っていったら？」

俺は、名雲《なぐも》家は結愛に散々世話になっているのだと親父に説明した。親父が不在の間も、身の回りのことは電話なりメッセージアプリなりで伝えていたのだが、結愛のことを説明すると込み入ってくるので、その辺のことまで伝えきれていなかったのだ。

「でも、せっかくお父さんが帰ってきたんだし」

結愛は、家族の団らんに気を遣っているのか遠慮気味だった。

「何言ってるんだよ。今更親父が増えたところでなんだ。変な遠慮するなよな」

結愛もヒマではないだろうし、このあと予定がある可能性もあるのだが、この際なので俺は多少強引に行く気だった。

「結愛はほら、もううちの家族……みたいなもんだし。今更いなかったらなんか、違和感あるだろ……」

「慎治《しんじ》……」

結愛は迷う素振りを見せる。

「いいから結愛ちゃん、交ざってけって。メシは賑《にぎ》やかに食う方がいいからな」

遠慮する理由である親父の一言もあり、結愛も参加の意志が固まったようだ。

「じゃあ、私も手伝うから」

俺が一人でやるつもりだったのだが、まあ結愛から言い出したのならいいだろう。

俺は結愛と一緒にリビングから出ようとする。

その前に、親父に言っておかないといけないことがあった。

「親父、とりあえずおかえり」

「おう、ただいま」

どれだけ照れくさかろうが、無事に帰ってきてくれたことの労《ねぎら》いの言葉を忘れるわけにはいかない。

一歩間違えれば死や再起不能に襲われる危険な場所で、親父は闘っているのだから。

これも俺なりの親孝行である。

些細《ささい》過ぎるけどな。

★

リビングを出て二階にたどり着くと、結愛がこう言った。

「慎治ってお父さんの前だとあんな感じなんだね」

「なんだぁ、急に……」

親子タッグから逃れた途端に結愛はからかいモードになる。

「別にー。仲いいの羨ましいなって思って。慎治のとこって本当に家族仲いいんだね」

家族とは不仲な結愛から言われると身構えそうになるのだが、結愛は重たい雰囲気を放つことなく楽しそうだった。

「ていうか私もファミリーの一員扱いしてくれちゃっていいんすか。いっすか、調子に乗っちゃっても？」

結愛の笑みはいつになく輝き、直視するのをためらいそうになるくらい眩《まぶ》しかった。

「まあ、結愛には世話になりっぱなしだし。この期《ご》に及んで『まったくの他人です』だなんて言えないだろ。なんなら、ここ最近に限れば名雲家の滞在時間は親父より結愛の方がずっと多いぞ」

うちに飼い犬がいたら、親父《おやじ》より結愛の方を格上の扱いにするだろうな。

「じゃあ、慎治のお父さんのこと『お義父《とう》さん』って呼んでいい？」

「まずは親父の前で地蔵にならなくても済むようになれよな」

「あれはー。久々に帰ってきたお父さんの邪魔したくなかっただけだし」

「でも、話さない結愛も新鮮だったし、あれはあれでいいんじゃないか？」

俺がそう言うと、途端に結愛は左右に身を捩《よじ》ってくねくねし始めた。

「じゃあちょっとの間だけ結愛ちゃん喋《しゃべ》らないモードになっちゃおうかなー」

無口キャラの結愛というのも気になったので、俺は結愛の好きにさせてみることにした。

結愛は深呼吸を始める。どうも息を止めようというつもりらしい。どこかに潜りでもするつもりか？

「あ、慎治、なんか気になるからそれ貸して」

「一瞬で終わったな、喋らないモード……」

普段の結愛とどんなギャップが見られるのかと期待していたのだが……。

「だって、慎治がそばにいるのに喋らないなんて損じゃん」

頬を緩ませる結愛は、俺の手にあった土産物のルチャマスクを手に取った。

メキシコの露店で購入したのであろう応援用のマスクは、キラキラの金色カラーで、額に白地の十字架があり、空いた両目には翼みたいなデザインが縁取られているのだが、口元はきっちり覆い隠すタイプのものだった。

「これ、このまま被ればいいの？」

「ああ。でもヒモ通してないな」

マスクの後ろは靴紐《くつひも》のような穴が開いていて、一番上の部分しかヒモが通っていなかった。

どうも結愛はマスクマンになってみたいらしい。マスクをすぽっと被ると、俺にヒモを結ぶよう要求した。付き人を従えた先輩レスラーみたいな風格だな。

「あんまりぴったり被ると肌がこすれてメイク取れちゃうかもしれないぞ」

「じゃ、ゆるめにして」

顔が隠れていても表情がわかるくらい、結愛の声は弾んでいた。

変身願望でもあるのだろうか？

などと思いながら、マスクの後頭部にあるヒモを結んでやろうとするのだが、結愛は壁に背中を預けたまま動こうとしなかった。

「結愛《ゆあ》、背中向けるか、そこから動いてくれないと結べないんだが」

「このまま結んで？」

マスクは被っていても、目元は空いているから、目が三日月になっているのはわかった。

正面から腕を伸ばして結べ、と結愛は要求する。

俺はマスクのヒモを結ぶことに関してはちょっとした腕があるから、通し穴を見なくてもできることはできる。ぼっち過ぎてヒマな時に習得したスキルである。

「じっとしてろよ」

結愛の気まぐれに巻き込まれるのはもはや日常茶飯事なことと、腕の見せ所だと得意になっていたこともあって、俺は結愛の後頭部に腕を伸ばした。

立ち位置の都合上、甘い吐息すら嗅げそうなくらい結愛の顔が間近に迫ったその時だ。

突然結愛がマスクの下に指を入れたと思ったら、ぐいっと引き上げ、口元が露《あら》わになる。

口元を覆うタイプのデザインだしマスクに慣れていない結愛には呼吸が苦しかったのかな、と思って油断していると、俺の唇は結愛の唇にあたる部分と衝突していた。

しっかり密着したわけではなく、唇の先をちょこんと当てる程度のものだったが、キスはキスなので、俺は著しく冷静さを失ってしまう。

「なにしてくれちゃってるんだよ!?」

俺はバックステップで飛び退《の》く。

「ヒモ結んでくれたご褒美的《ほうび》なヤツ？」

もはや目元まで見えるくらいマスクを引っ張り上げている結愛は、悪びれもせずに口元に手を当てて愉快そうにする。

びっくりこそしたが不快感は皆無で、それどころか満たされた気持ちになってしまっているのだから、ご褒美としては成立しているのだが、それにしても結愛はとんでもないことを仕掛けてくるヤツである。

「……お前、それよほど自分に自信がないとできないやつだぞ？」

「まー、私モテるからさぁ」

一切の謙遜もなく、結愛が言う。

まあ結愛以上にこの手の発言をして説得力を持つ人間もいないだろうな。

「でもこれで、私と慎治しか知らないことができちゃったっていうか」

結愛の意図がわかった。

俺と桜咲《おうさき》に共通する『趣味』に当たるものがないことを、結愛はまだ気にしていたようだ。

まさかそれが、宣言通り肉体接触であるキスになるとは思わなかったけれど。

顔を近づければ再び同じ目に合うのではないかと、警戒と期待を半分ずつ持ちながら、俺はどうにかマスクのヒモを結ぶことができた。

「ていうか慎治ってば、ちょっと唇当てたくらいでそんなにびっくりするなんて、ぜんぜん免疫ないじゃん。もっと慣れてくれないと私も困っちゃうんだけどな〜」

何がどう困るのか知らないが、俺と違って余裕の結愛は、紡希と遊びたいらしく颯爽《さっそう》と紡希の部屋へ向かう。

くそっ……こんなことなら『ん？　蚊でも止まったか？』とばかりに無理にでも余裕ぶっかますか、逆に唇を押し付け返すくらいのことをしてやればよかった。まあ、再び俺がさっきと同じシーンに遭遇したところで、恥ずかしくて何もできなそうだが……。

結愛はマスク姿が気に入ったようで、スマホで自撮りをしたり、紡希に見せびらかしながら戦隊ヒーローモノみたいなポーズを取ったり、紡希と一緒になって俺のベッドをトランポリンにしたりして、やたらとはしゃいでいた。

女児みたいな無邪気な振る舞いをするのも、顔が隠れたことで一時の匿名性を得た高揚感のせいなのだろう。

まさか俺とキスしたせいでテンションが爆上がりしたと考えるのは……自分が思い上がっているみたいになるから、できるだけ考えないようにした。

「おい結愛〜、そろそろ夕飯の準備始めるぞ」

「あっ、はーい」

ベッドから飛び降りた結愛は、俺のところまで駆け寄ると、金色マスクを脱ぐ。

体を動かしたせいか、額に軽く汗が滲《にじ》んでいた。

メイクがちょっと崩れていようが、整った顔立ちをぐんにゃり曲げて屈託のない笑みを見せてくれる。

どちらかというと、こういう素顔の結愛を出してくれる瞬間の方が、俺からすれば学校の連中が誰も知らない姿を知っているようで、なんか特別感あるんだよな。

◆6【大団らん】

結愛を交えた名雲《なぐも》家の夕食が始まる。

四角いテーブルなのに、両隣から俺を挟み込むように紡希と結愛がいる配置だった。そんなに俺が好きか？　と期待しかけたのだが、単に俺の向かいに座る親父の隣が嫌だという可能性の方が高い。縦にも横にもデカいヤツだから。

初対面の時には借りてきた猫になっていた結愛だが、すっかり慣れたようで、親父の前でもいつもどおりの姿になっていた。

「それで結愛ちゃん、うちの慎治《しんじ》は学校でどうなんだ？」

親父が余計なことを訊《き》く。変なところで親っぽいところ出そうとするなよな。

「めっちゃ優等生で、めっちゃ私と仲良いんですよー」

「まあそら彼女だもんなぁ」

「ぶっちゃけここでは言えないことするくらい仲良いんすよね～」

こいつ……人様の親の前で何を言い出すんだ。

「やるじゃねぇか慎治ぃ！」

親父が手を打ち鳴らす。

「うるさいよ。結愛もウソ言うなよな」

ここではやめろ、と結愛にアイコンタクトを送る。決して全くのウソというわけでもないのだが、この場では話したくなかった。事実を話せば親父は鬱陶しいし紡希の耳に入れるのはちょっと気が引けるし。

「ごめんね～、ちょっと話盛っちゃった。仲良いのは本当だけど」

さすがにこの場では結愛も心得ているようで、俺の意図をわかってくれた。

「でも慎治って、教室では私と喋ってくれないんですよね」

「えっ、どうして？」

親父よりも前に紡希が反応する。

「シンにぃ、なんで結愛さんを無視するの？」

そういえば、俺たちが教室でどう過ごしているかは、紡希には伝えていなかったな。

俺を非難するような視線を向けるものの、もっちゃもっちゃとメシを食う手を止めようとしないから怒ってはいないのだろう。

「……いや、無視してるわけじゃなくてね？」

「おめぇ、言いたいことがあるんならちゃんと言った方がいいぞ？　ほら、聞いててやっから」

俺がもごもごしているのを察したのだろう。親父《おやじ》が口を出してくる。

親父は箸を置くと、こいこいと両手で手招きをする仕草をした。それ、親父が試合中に、お前の攻撃を受けてやる！　って時にするやつだろ。闘う男の顔になってんぞ。

「慎治ってば恥ずかしがっちゃうんだよね」

結愛が言った。

恥ずかしい部分もあるのだが、実際は違う。

「おい、慎治、せっかくの彼女だぞ？　もっと体と心でぶつかっていかねぇとダメだろうが。結愛ちゃんを心配させせんじゃねぇよ」

親父はもはや完全に結愛の味方になっていた。

「……だって」

――釣り合い、取れてないだろ。

そう言いたかったのだが、ついつい紡希の反応が気になってしまう。

紡希の前では格好悪いところを見せたくない。

「……親父。シングルのヘビー級王者と、デビューしたばかりの若手が何の脈絡もなくメインで試合させられたら、お客やら他の選手やら各方面から大ブーイングだろうが」

俺は、親父にだけわかるかたちで意図を伝えようとする。

もちろん、俺が『デビューしたばかりの若手』の側である。

「んなもん、戦い方次第だろ?」

親父は、くだらねぇこと言いやがるなコイツ、って顔で完全にバカにしていて、今にも鼻をほじりそうな勢いだった。腹立つ反応するなよな。

「実績ねぇ若いヤツだろうが、気迫ガンガンで勝ちを狙えばブーイングなんかされるかよ。やる前から負けること考えるバカがいるよ、おめぇだ」

親父はアゴをしゃくれさせながら言った。

「慎治ったら、変なこと気にしちゃうんですよ～」

突如結愛は、俺の肩に腕を回して密着してくる。

「お父さんから見ても、お似合いじゃないですか？」

「おう、お似合いだな！　オレとチャンピオンベルトくらいお似合いの組み合わせじゃねえかな～」

いちいち自慢をぶっこんでくるのが親父流である。

「娘が増えるならオレは大歓迎だぜ。家の中が華やかになるもんな」

「セクハラモードに入んなよな、親父。控室じゃないんだぞ」

あと結婚を煽《あお》るようなことを言うな。俺たちの恋人関係はあくまでギミック（設定）なんだぞ。本当のこと言い出しにくくなっちゃうだろ。

「そういえばシンにぃ、昔わたしと結婚してくれるって言ってたよね」

思わぬ発言は、右側から飛び出した。

相変わらずメシをもちゃもちゃ食いながらだから、真剣さはなく、たまたま思い出したから言っただけ、といった感じだった。

あれは確か、まだ彩夏《あやか》さんが元気で、紡希が小学生になったばかりくらいの頃だ。別に俺が小学生しか愛せない男なのではなく、『紡希は慎治くんに懐《なつ》いてるし、これからもよろしくね』と彩夏さんが言ってきたので、『じゃー、つむぎちゃんと結婚しちゃおっかなー』と返しただけだ。あの頃の俺は無邪気でお調子者だったのである。

「でも今は結愛《ゆあ》さんがいるもんね」

紡希は満面の笑みを浮かべる。

「だから、『シンにぃと結婚する権』は、結愛さんにあげる」

「えー？　マジで？　もらっちゃっていいの？」

「うんうん。わたしのお姉ちゃんになって？」

「なるなる～。あ、ねえ慎治、今日慎治の部屋に泊まっていい？」

「……お前、俺の部屋に泊まってなにするつもりなの？」

「どうしよっかな～。言っちゃおっかな～」

「やめろ。もう何も言うな……」

時々、結愛の発言が冗談なのか本気なのかわからない時があるんだよな。

特にこういう場合は反応に困るから控えてほしいところ。

そんな俺たち三人のやりとりを見ていた親父はというと。

「おめぇ、慎治、あれだ。結愛ちゃんと教室では話せなくても、焦《あせ》んなくていいんじゃねぇか？」

「なんだよ、どういう心変わりだよ？」

あれだけ俺を急《せ》かしていたくせに。

「結愛ちゃんとその調子でやれるなら、いま別に尻蹴っ飛ばしてゲキ入れなくても、上手《うま》くやれんだろうなって確信できたからだよ」

親父は言った。

「もうおめぇは、ちょっと前のおめぇと違うからな」

親父の周りには、すでに飲み干したハイボールの缶によるタワーができていた。

どうやら親父から見ると、久々に会った俺には何らかの変化が起きているらしい。

確かに俺は、変わったかもしれない。それは自分でもわかる。

以前の俺は、自分だけの力でどうにかしなければと意固地になって、結果的に紡希を理解するのに程遠い状態になっていた。ひょっとしたら、紡希の言葉にだって心の底では耳を傾けていない状態になっていたかもしれない。

それもこれも、結愛と関わるようになったおかげで変わった。

意固地になりがちな俺と違って、やたらと積極果敢な結愛のペースに振り回されたおかげで、俺は多少なりとも自分の殻から抜け出すことができた。そうやって俺を引っ張り上げてくれたのは、結愛だ。

だからこそ、近いうちに、たとえリスクがあろうとも関係なく教室でも結愛と関われるようになれるだろう。そうしないといけないんだよな。

「慎治、オレが娯楽スポーツ界最高の美技こと『ハイフライ・プレス』を封印してまでおめぇを選んだ理由がわかったんじゃねぇか？」

親父の鉄板の自慢話である技封印の件が再び蘇《よみがえ》る。

けれど今回のは単なる自慢だけに聞こえることはなかった。

親父が自身のレスラーとしてのキャリアを犠牲にしてまで守りたいものが生まれた気持ちが、俺にも少しはわかったから。

「親父、酔ってんのか？」

親父の言うように変化を自覚しつつも、相手は親だ。素直に反応してみせるのは恥ずかしい。

「酔ってねぇよ、茶化すな。足首極《き》めながらハーフボストンクラブ食らわすぞ」

親父の場合、これ本気でやろうとするからな。

「え〜、じゃあ私は教室で慎治といちゃいちゃするのまだおあずけなんですか〜」

結愛は不満そうにする。

「慎治、早くどうにかしてやれ。のんびりしてるとコーナーに追い込んでマシンガンチョップするぞ」

「前言撤回早っ」

「ばかやろ。前言撤回ほどプロレスラーらしいものはねぇだろうが。引退宣言からの前言撤回で現役復帰するパターンなんておめぇも散々知ってんだろ？」

そりゃあるあるだけどさ、親父が言うなよな、それ。あと結愛に甘すぎぃ。

「ねー、シンにぃ。教室でも仲良くするくらいもう簡単でしょ。さっき廊下で結愛さんとちゅーしたくらいなんだし」

「えっ⁉」

紡希《つむぎ》……まさか見ていたのか？

ほーらお前のせいで紡希の情操教育に不都合なシーンを見せちゃったでしょうが、と非難の視線を結愛に向けようとするのだが。

「…………」

なんでこいつ、ゆでダコ状態になって俯《うつむ》いてるのよ。

お前からしてきたことでしょうが……。

こっちまで体温が上がりまくって背中に汗ダラダラ流れてきたんだけど？

ついさっきまで饒舌《じょうぜつ》だった結愛が物を言わなくなってしまったものだから、緊張が隣の俺まで伝わってきて、しばらく揃《そろ》って微動だにせず、親父と紡希を喜ばす見世物になってしまうのだった。

★

夕食のあと、俺は結愛を駅まで送ることになる。

夜の住宅街なだけに静まり返っていて、俺たちの足が地面を擦る音しか聞こえない。

「なんか、騒々しくて悪かったな」

俺は言った。

親父は元々騒々しいのだが、今日は輪をかけて賑《にぎ》やかだった。

俺の客が来ているということが、よほど嬉《うれ》しいのだろうけれど。その上彼女だと思っているのだから、その喜びだって倍増していたのだろう。

「あやまんなくていいじゃん。慎治《しんじ》の家族に紛れられて楽しかったよ」

結愛が笑う。本心から笑ってくれているようだった。

「……結愛が楽しんでくれたなら、よかったよ」

俺は結愛の家族関係を思い出していた。

今日のこの場は、結愛のためになってくれただろうか？

「変なこと言うけど」

結愛が言った。

「今日は私まで名雲《なぐも》の人になった気がする。私も家族だったら、ああやって笑ってたんだろうなって」

結愛の表情が沈んで見えた。

夕食会の時には見せない表情だった。たぶん、今まで堪えていたのだろう。他人の家族の前で、自分の家族と比較して悲しい表情をしてしまうほど、結愛は迂闊《うかつ》ではないから。

「結愛がいてくれてよかったよ」

俺は言った。

「俺も、あんな賑やかなの経験したのは初めてだから」

「慎治のお父さんがいるのに？」

「あれ、いつも以上にはしゃいでたぞ」

「そうなの？」

「ああ。実は、彩夏さん……紡希の母親を亡《な》くしてから、親父《おやじ》も落ち込んでたからな。表には出さなかったけど、俺がよく知ってる親父とは違う感じになってたんだ」

あくまで親父基準での落ち込みだから、きっと他人が見たら同じに見えただろうが、俺にはその微妙な変化がわかった。彩夏さんの死後、親父が大変だったところを見ていたせいもある。彩夏さんは、実家とは折り合いが悪く、唯一親父だけが家族で繋《つな》がりがあった。だから、彩夏さんが死んだ後の手続きは全部親父がやっていた。親父はリングの中では超人だが、そこから降りれば普通の人間であり、元々書類仕事は得意ではないから、妹を失って間もないのに慣れない仕事をこなさないといけなかったのはこたえたことだろう。わざわざメキシコへ長期の遠征に行ったのも、気分転換の意味もあったんじゃないかと思っている。

「俺だけじゃ、親父にしてやれることも限られているからな。……だから、結愛のおかげで名雲家が明るさを取り戻したようなもんなんだよ。結愛がいなかったら、俺は紡希と噛《か》み合《あ》わないままだったし、ぼっちのままだったから、親父だって落ち込んだままだったよ」

結愛は、うつむきながら無言で歩いていた。

「私でも、いる意味あったんだね」

小さく笑いながら、結愛が言う。

「当たり前だろ。らしくないな。もっと胸張って自慢していいんだぞ?」

「ごめん、この辺、静かすぎるから」

それもあるだろうし、ついさっきまで賑やかなところにいたから急に熱が引いたようで違和感があるのだろう。

教室では見せることのない、この大人しいというには暗い結愛《ゆあ》のことを知っているクラスメートは他にいるのだろうか？

ひょっとしたら桜咲《おうさき》ですら知らないんじゃないか、と思ってしまう。

だとしたら、今の結愛は俺だけが知っている特別な姿かもしれない。

だからといって、嬉しくなるはずもない。

俺は、結愛にはいつだって鬱陶しいくらいグイグイきて、ひたすら明るい存在でいてほしかったから。

俺は、前々から考えていた計画を実行に移すことにした。

ちょうど辺りは静かで、人気《ひとけ》もないし、やるなら今しかない。今しかないぞ。

「結愛、これ」

俺は、結愛の手にそれを握らせる。

「なに？」

手のひらを見つめる結愛の目が見開かれる。

「……合鍵？」

「いつ渡そうかって思ってたんだ」

結愛は、ほぼ毎日のように名雲家へ来て、一緒に遊んだり、世話を焼いたりしてくれる。

もはやほとんど我が家の住人だ。

だったら鍵くらい持ってたっておかしくないよなぁ、と考えるようになった俺は、少し前に鍵の複製を依頼していたのだった。

「一人暮らしだと困ることもあるだろうし、なんかあったらいつでもうちに来ていいから」

いくら最近仲良くなっているといっても合鍵なんて重いかなぁ、などと今更になって心配するのだが。

「ありがと、慎治」

手のひらの鍵を両手でぎゅっと握りしめた。

「大切にするね」

今度は、気を遣っているような緊張感は混じっていない高純度の笑みを見せてくれる。

「これ、慎治からの指輪だって思うことにする」

「いやそこまでの意味は——」

ない、と答えようとして、落ち込んだ結愛を元気づけられるようなことを言ってしまおうと思った。

「あると思ってていい……けど」

「マジで？　ヤバいんだけど！」

ようやく結愛に見慣れた得意げな笑みが戻ってきたと思ったら、すーっと音もなく俺に体を寄せて腰に両腕を回してきた。

「このまま私の家に来ちゃう？　二人っきりだし朝までコースできるよ？」

「やめろ、そういう冗談まだ慣れないからやめろよな……」

どうしていいかわからなくなるんだよなー。俺、たぶん結愛の前だと一生こんな感じだと思う。いやなんで『一生』なんて想定してるんだよ。まるで本当に結婚でもしちゃうみたいでしょうが。

「別にネタじゃないのになー。でも今度、一回うちにも来てよ。紡希ちゃんも連れて」

それならいいか、と思って俺は頷《うなず》いた。

結愛の部屋がどんな感じなのか、気になることだしな。

未《いま》だに結愛の部屋を知らないというのは、なんか仲良し度が低い感じがして嫌だし。

やっぱり結愛は、陽キャでいてくれた方がいい。

いつでも深刻な顔した陰キャは俺だけで十分だ。

そうでないと、バランスが取れないからな。

鍵を渡しただけで結愛の悲しみを全部消せるとは思っていないけれど。

名雲家はいつだって結愛を受け止めるつもりがあるのだと、わかっていてくれるといいと思った。

■エピローグ

その日は祝日で、平日ながら学校がなかった。

俺は一人で家にいた。

紡希は学校の友達と遊ぶと出かけていき、結愛も桜咲たちと街をぶらつくらしいから我が家には来ず、親父もまた巡業に出発してしまったから、こうなった。

だからといってヒマを持て余すことはなく、俺は勉強をしないといけないし、日課の家事もある。

いつもの日常なのだが、どことなく物足りなさを感じながら淡々と勉強と仕事を進めていく。

夕食作りが佳境に入った時、紡希が帰ってきた。

「シンにぃ、これから結愛さん来るの？」

部屋で着替えを終えた紡希が、とてとてとキッチンに寄ってきて不思議そうにする。

「いや。今日は友達と遊んでるみたいだから」

「じゃあなんでお魚一匹多いの？」

「あっ、マジだ」

紡希《つむぎ》に指摘されて初めて気づいたのだが、俺は結愛の分の鮭《さけ》の切り身を焼いてしまっていた。そういえば、炊いた米も三人分だ。

「シンにぃ〜、そんなに意識してるならもう結婚するしかないんじゃない？」

紡希は俺の手を摑《つか》んでぐるぐる回し、その場で踊りだしそうな勢いだ。

紡希としては、どうしても結愛には『姉』になってほしいのだろう。

「最近の紡希はよく発想を飛躍させるな」

俺は恥ずかしい思いを振り切るように、熟練の中華料理人みたいな勢いでフライパンを振るのだった。

★

紡希と二人での夕食になる。

特に見たい番組があるわけではないが、いつもどおりテレビはつけっぱなしだ。

人気の芸人やタレントがアウトドアに挑むバラエティをぼんやりと眺めていると、速報のテロップが流れた。

俺が住む街とはまったく関係ない場所で起きた事件の犯人が逮捕されたという内容だった。

普段なら何気なく読み流してしまう内容だが、今日ここにはいない結愛のことを気にして落ち着かない気分になる。

ＭＩＮＥで連絡を取ることもできるのだが、友達と遊んでいる時にメッセージを送りつけるのも迷惑だろうし、だいたい、『全然関係ないニュースで結愛が心配になったから』なんて、理由として恥ずかしすぎる。

「シンにぃ、やっぱり寂しいよね。今日は結愛さんいないもんね」

紡希が言った。

「これは次、結愛さんが来た時、ちゅーだけじゃ済まなくなるパターンなのでは？」

「そんなパターンはないし、変な想像するのもやめなさい」

紡希はしれっとした顔で言うので、俺だけ恥ずかしがっているようになってしまう。

二人だけの夕食を終え、食器を洗っているとインターホンが鳴った。

モニターに映る人物を目にして、なんだぁこんな時間に、と思いながら玄関へ向かう。

「シンにぃがすっごくご機嫌……シンにぃ、お願いが通じてよかったね」

ソファでスマホをいじっていた紡希が言うのだが、何のことやら、だ。

解錠して玄関の扉を開くと、立っていたのは結愛だった。

結愛のいつもと変わらない姿を目にした時、焦《あせ》りに似た気持ちがすっと霧散した気がした。

「鍵持ってるんだから、自分で開けて入ってくればいいだろ」

「めっちゃ冷たいけど顔笑ってるよね？」

「笑ってないって！　テキトーなこと言うなって！」

顔の筋肉に何ら刺激を感じないのだが、自分でもわかってしまうくらい声が弾んでいた。

これは恥ずかしい……。

「ちょっと忘れ物しちゃったから、来ちゃった」

「忘れ物？」

不思議なこともあるものだ、と思ったのだが、結愛は頻繁に我が家へ来るから何かしら私物を忘れていたっておかしくはない。

何を探しているのか知らないが、友達と遊んだあとにわざわざうちに取りに来るくらいなのだから、よほど大事なものなのだろう。

「立ってないで入れよ。何を忘れたんだ？　よければ手伝――」

言い終える前に、俺は真正面から結愛の両腕で搦《から》め捕《と》られていた。

俺は言葉を失う。

結愛は俺の胸元に鼻先を押し付けるだけで、何も言わなかった。

夏場のせいで蒸しているから、薄手の黒いカットソー一枚の結愛とTシャツ一枚の俺が密着していると、ほんのり滲《にじ》む体温が合わさってお互いの境界がわからなくなりそうになる。より結愛を身近に感じてしまい、俺の心臓はハードワークを始めてしまった。

「これで……よし」

ほんのり顔を上気させて、結愛が俺から離れる。

「……何がよしなんだよ？」

「私がいなくて落ち込んじゃってたんでしょ？」

「な、なんのことだ？」

「紡希ちゃんがわざわざMINEくれてさー、慎治《しんじ》がめっちゃ寂しがってるって教えてくれたんだよね」

紡希のヤツ……やたらスマホいじってるなと思ったらそんな告げ口を……。

「そんな慎治のこと想像したらなんかきゅんきゅんしちゃってー、顔見たくなってここまで飛んできちゃったってわけ」

「ご苦労なことだな。で、忘れ物は？」

「あー、それならもう大丈夫。また明日ね！」

そう言うと同時、結愛《ゆあ》は金色の髪をなびかせて出て行ってしまった。

「……まさか、あれが？」

結愛もまた、俺に会えないのを心残りに思ってくれたということだろうか？

「……いや、ぼーっとしてる場合じゃないだろ」

俺は、ちょっと出かけてくるから鍵閉めといてくれ、とリビングの紡希に告げると、自転車を取りに向かう。

うちの周辺は治安がいいものの、結愛を一人で帰すのはどんな時だって気が引けるというもの。何しろあいつは目立つし、変なところで押しが弱い時があるからな。

自転車を漕《こ》ぐ脚が熱を持つ前に、結愛の後ろ姿を見つけた。

もはやすっかり見慣れた金色の長い髪が、自転車のライトに照らされて明るく映える。

ここにきて、『忘れ物』の件を強烈に思い出してしまう。

まだ結愛の感触は体に残っているし、結愛の前でみっともなく動揺したり赤面したりする可能性は十分にある。どうも俺は、結愛と体が触れるたびに新鮮な刺激を得てしまうらしい。リア充みたいに気軽に女子の体に触れられる領域にたどり着くにはまだまだ遠いみたいだ。

それでも俺は。

カッコ悪い姿を晒《さら》すことになろうとも、もう少し結愛と話したかったのだ。

結愛の背中がゆっくりと近づく最中、俺は何を話そうか考える。

「──おい、結愛」

結愛が振り返る。

まるで、俺が来るのがわかっていたような確信的な笑みを前にすると、話題を探してあれこれ頭を巡らせていたことが馬鹿らしくなる。

「駅まで送ってやるから、乗ってけ」

結愛がいてくれれば、俺は何だっていいのかもしれない。

■あとがき

お久しぶりです&はじめまして。

佐波彗《さなみすい》です。

前作からだいぶ間が空いてしまいましたが、二作目になります。

前作と違ってイチャラブ分多めなので、まっとうにラブコメをしていると思っているのですが、いかがだったでしょうか?

元々、シットコムというか、ホームドラマ的な作品にしたいと考えていたのですが、最終的には部屋やら学校やらでイチャついているだけの話になりました。

続刊があれば、そのあたりをもっと強化しつつ、さらなるイチャラブを描きたいと思います。

最後になりましたが、謝辞です。

担当T様。前作に引き続き、ありがとうございます。自分はプロットをつくってもその場の思いつきで展開を変えてしまう脳筋執筆スタイルなので、物語にメリハリができるのは担当様の客観的な指摘あってのことです。プロデューサー役としてこれからもお願いします。

イラストレーターの小森《こもり》くづゆ様。素晴らしいイラスト、ありがとうございます。送られてくるラフは全部イメージ以上のものでした。今後もよろしくお願いします。

そして、一冊の本として出来上がるまでに関わっていただいたすべての皆様に。

そしてそして、この本を手に取ってくれた読者の方に。

ありがとうございました。

作中で語りきれていないことはまだまだあるので、今度こそ続刊でお会いしたいところ。

富士見ファンタジア文庫

クラスのギャルが、なぜか俺《おれ》の義妹《ぎまい》と仲良《なかよ》くなった。
「今日《きょう》もキミの家《いえ》、行《い》っていい？」

令和３年８月20日　初版発行

著者――佐波《さなみ》 彗《すい》

発行者――青柳昌行

発　行――株式会社KADOKAWA
〒102-8177
東京都千代田区富士見2-13-3
0570-002-301（ナビダイヤル）

印刷所――株式会社暁印刷

製本所――本間製本株式会社

ISBN978-4-04-074217-5 C0193　◇◇◇

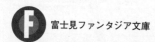